## Zu diesem Buch

*Dieses Buch enthält sieben Erzählungen des durch seine Romane «Es muß nicht immer Kaviar sein» und «Lieb Vaterland magst ruhig sein» weltbekannten Autors: Sie handeln von Liebe, ihrer Realität und ihren Illusionen, von kriegerischem Reiterschicksal, von einem Künstler, der aus Enttäuschung zum Mörder wird, von der unerfüllten Neigung eines Kranken zu einer Violinvirtuosin, von erwachender Liebe in einem Kind, vom Schicksal des berühmten Chemikers Lavoisier, der wegen einer angeblichen falschen wissenschaftlichen Theorie geköpft wird.*

*«Das Glück», heißt es in einer der sieben Erzählungen, «liegt nicht in den Dingen, die wir besitzen, sondern in den Dingen, die zu besitzen wir glauben.» Das ist das Grundthema dieses Bandes, des Erstlingswerks des Autors, das unmittelbar nach dem Zweiten Weltkrieg entstand, «als», wie Simmel schrieb, «uns alle Hoffnung erfüllte».*

*Johannes Mario Simmel, geboren am 7. April 1924 in Wien, studierte Chemie, arbeitete als Dolmetscher der amerikanischen Militärregierung, war seit 1945 als Journalist und Zeitungsredakteur tätig und widmet sich seit 1963 ganz seiner schriftstellerischen Arbeit. Schon mit siebzehn Jahren schrieb er «Begegnung im Nebel», das 1947 erschien. Es folgten die Romane «Mich wundert, daß ich so fröhlich bin» (1949; rororo Nr. 472), «Das geheime Brot» (1951; rororo Nr. 852), «Ich gestehe alles» (1953), «Gott schützt die Liebenden» (1957; verfilmt mit Gila von Weitershausen, Andrea Jonasson und Harald Leibnitz), «Affäre Nina B.» (1958; rororo Nr. 359), verfilmt mit Nadja Tiller und Pierre Brasseur, «Es muß nicht immer Kaviar sein» (1960; verfilmt mit O. W. Fischer), «Bis zur bitteren Neige» (1962), «Liebe ist nur ein Wort» (1963; verfilmt mit Judy Winter und Herbert Fleischmann), «Lieb Vaterland magst ruhig sein» (1965), «Alle Menschen werden Brüder» (1967; verfilmt mit Doris Kunstmann, Harald Leibnitz und Rainer Artenfels), «Und Jimmy ging zum Regenbogen» (1970; verfilmt mit Ruth Leuwerik und Alain Noury), und «Der Stoff aus dem die Träume sind» (1971; verfilmt mit Hannelore Elsner und Herbert Fleischmann) und «Die Antwort kennt nur der Wind» (1973; Verfilmung in Vorbereitung).*

*Außer diesen Romanen schrieb Simmel viele Filmdrehbücher, drei Kinderbücher und das in einem Mannheimer Autorenwettbewerb preisgekrönte Schauspiel «Der Schulfreund» (rororo Nr. 642), das von zahllosen Bühnen in Ost und West aufgeführt, mit Heinz Rühmann in der Hauptrolle verfilmt und von Funk und Fernsehen übernommen wurde.*

*Übersetzungen seiner Bücher erschienen in zwanzig Ländern, darunter in den USA, in England, Frankreich, Italien, Holland, Spanien, Portugal, Schweden, Finnland, Dänemark, Jugoslawien, Belgien, Kanada, Südamerika, Israel, der Türkei und der Tschechoslowakei.*

*Gesamtauflage der Werke von Johannes Mario Simmel in den rororo-Taschenbüchern: Über 1,5 Millionen Exemplare.*

JOHANNES MARIO SIMMEL

# Begegnung im Nebel

ERZÄHLUNGEN

rororo

ROWOHLT

*Umschlagentwurf Werner Rebhuhn*


| | | |
|---|---|---|
| 1.– 30. | Tausend | Januar 1970 |
| 31.– 45. | Tausend | April 1970 |
| 46.– 65. | Tausend | April 1970 |
| 66.– 90. | Tausend | August 1970 |
| 91.–125. | Tausend | April 1971 |
| 126.–160. | Tausend | November 1971 |
| 161.–210. | Tausend | Mai 1972 |
| 211.–260. | Tausend | Januar 1973 |
| 261.–290. | Tausend | Januar 1974 |
| 291.–330. | Tausend | September 1974 |

*Ungekürzte Ausgabe*
*Veröffentlicht im Rowohlt Taschenbuch Verlag GmbH,*
*Reinbek bei Hamburg, Januar 1970*



*Gesetzt aus der Linotype-Cornelia*
*und der Baskerville (Bauersche Gießerei)*
*Gesamtherstellung Clausen & Bosse, Leck/Schleswig*
*Printed in Germany*
*ISBN 3 499 11248 5*

*«Du bist mutig.»*
*«Nein», sagte sie. «Aber ich möchte es gern sein.»*

Aus «In einem andern Land»
von Ernest Hemingway

# DIE MELODIE

Über das sonderbare Betragen meines Freundes Petermann ist es zu den abwegigsten Vermutungen gekommen. Gestern traf ich Sörensen, und er sagte mir gesprächsweise, man nehme ganz allgemein an, daß Petermann den Verstand verloren habe. Beweise dafür lägen in seinem Abenteuer mit der Melodie, einer Affäre, die kürzlich unseren kleinen Kreis bewegte. Ich versuchte Sörensens Argwohn zu zerstreuen, indem ich zahlreiche, der ganzen Stadt bekannte Unregelmäßigkeiten seiner und meiner eigenen Person erwähnte, die doch nicht dazu geführt hatten, daß man uns Exzentriker hieß und etwa an unserem Geisteszustand Kritik übte. Allein, als wir uns trennten, schien es mir, als sei er nur wenig überzeugt von meinen Reden und verlasse mich in der Ansicht, daß mir, um Petermanns Treiben zu motivieren, eben jedes Mittel recht sei.

Auf dem Nachhauseweg kam mir dann der Gedanke, die Geschichte von Petermann und seiner Melodie, so wie sie mir bekannt war, aufzuschreiben und damit dem ganzen Gerede ein Ende zu bereiten. Denn Petermann ist nicht verrückt, und es ärgert mich, daß man für ihn hier den gleichen Ausdruck gebraucht wie für Dingsted, der ein Phantast, oder für Ohlsen, der nur ein Trottel ist. Deshalb erscheint es mir am besten, Ihnen einfach die Geschichte zu erzählen, damit Sie selbst sich ein Urteil bilden. Hören Sie also.

Petermann war ein ganz gewöhnlicher Mensch.

Nicht gewöhnlicher als andere, aber gewöhnlich immerhin. Nichts unterschied ihn von Tausenden junger Menschen, die, wie er, ungeliebte Arbeit versahen, sich sehnten, heimlich Gedichte schrieben, welche hinkten, einen weichen braunen Hut und ein ebensolches Jackett zu grauen Flanellhosen trugen und von großer Freiheit und süßen Geliebtinnen träumten. Ich ging mit ihm zur Schule. Ich war in Mathematik schwach, er in Griechisch. Es war alles gewöhnlich, ganz gewöhnlich.

Mein Freund besaß die gewöhnliche kleine Wohnung mit Bildern und bunten Büchern, einer Katze, einer Pfeife und gelegentlichen Blumen vor dem Fenster, die ihm Andrea schenkte.

Andrea war das Mädchen, das er liebte, und somit wahrscheinlich das wichtigste seiner Heiligtümer und gewiß das schönste, weit schöner selbst als Aphrodite, die Angorakatze.

Oh, glauben Sie mir, Andrea war ein wundervolles Mädchen, ihre Haut war weiß wie Schnee, der noch fällt, ihr Haar war schwärzer als Ebenholz, und Blut vom Rot ihrer Lippen fand sich nicht in den Königreichen der Welt noch hinter jenen Sieben Bergen, von denen Sie wissen.

Ja, ich glaube, daß Andrea das Außergewöhnlichste war von allem, was zu Petermann in Beziehung stand. Sie liebten einander: das sagte sie mir, und man sah es ganz deutlich, wenn sie zusammen waren. Es war hübsch zu sehen. Nun hat ein jeder von uns, wie gewöhnlich er auch sei, doch irgendwo eine Stelle, an der er besonders ist: der besitzt einen erleuchteten Ahnen, jener trinkt wie drei, dieser läuft hundert Meter in einer für seine Altersstufe außerordentlichen Zeit, wieder ein anderer singt Gregorianische Choräle, ich selbst kultiviere ein kleines Kochtalent.

Petermann besaß eine Melodie. Keine besonders prunkvolle oder weiträumige, aber er hing dennoch in rührender Weise an ihr. Es war anscheinend eine angenehm dimensionierte Melodie, denn Petermann vermochte sie in einem handlichen mausgrauen Etui aufzubewahren, das er stets bei sich trug. Persönlich hatte ich nie Gelegenheit, sie zu hören, irgendwie kam immer etwas dazwischen. Aber ich kannte den Behälter vom Sehen und wußte aus Petermanns Bemerkungen, daß es sich um eine einfache kleine Weise handelte, ein Lied höchstwahrscheinlich, das ihn wundervoll glücklich zu machen imstande war und ihm stets Ruhe und Gleichgewicht wiedergab, wenn er diese einmal verloren hatte. Die Melodie war von seinem Vater auf ihn gekommen, dieser hatte sie von seinem Großvater geerbt, sie war überhaupt schon durch Jahrhunderte in der Familie gewesen, wenn man ihr auch wenig Beachtung geschenkt und sie in eine Kassette gelegt hatte, in welcher man Petschafte und Siegelringe verwahrte. Daß er in ihr einen Schatz besaß, wurde aber auch Petermann erst richtig bewußt, als er sie einmal Andrea zeigte, die neugierig fragte, was er da habe.

Eine Melodie, sagte Petermann achtlos, ich pflege sie mit mir herumzutragen.

Dieses Gespräch fand zu einer Zeit statt, da ihre Liebe noch sehr jung war, und Andrea bezeigte Interesse für alles, was zu Petermann in Beziehung stand, sie liebte es, mit seinen Sachen bekannt zu werden, wie andere Mädchen es etwa lieben, in Brieftaschen zu kramen oder Tagebücher zu lesen, die sie nicht selbst geschrieben haben.

Was für eine Melodie? fragte Andrea und griff nach dem Etui.

Petermann gab einige Erklärungen beiläufiger Art und meinte, es sei nichts Besonderes mit ihr, nur eben, daß sie ihn zu Zeiten glücklich mache, wie sie, Andrea, es immer tat.

Ich möchte sie hören, sagte seine Freundin, und Petermann öffnete die kleine Schachtel, hielt sie wie eine Muschel ans Ohr, um sich zu überzeugen, daß die Melodie auch zu vernehmen war, und reichte sie ihr dann mit einiger Feierlichkeit.

Du mußt den Kopf leicht neigen, sagte er, damit du sie am besten hörst. Das war vielleicht nicht richtig, aber er sah so ihr kleines Ohr, das unter dem Haar hervorkam, und Andrea hatte entzükkende Ohren. Sie lauschte nun eine Weile, von Petermann aufmerksam betrachtet, mit ernstem Gesicht, das sich plötzlich strahlend erhellte und über die Maßen lieblich wurde. Petermann war glücklich. Du verstehst? rief er. Ist sie nicht schön, meine Melodie? Andrea nickte und erwiderte, es sei das Schönste, was sie je gehört habe, in der Tat ähnlich einer seltenen Muschel, in der rauschend das unendliche Meer singt, dem sie entfischt ist. Dann wurde sie ernst und küßte Petermanns Lippen.

An dieser Stelle wären einige Einwände möglich, gewiß. Es ist gänzlich unerwiesen, ob Andrea die Melodie auch wirklich hörte. Ziemlich unbestimmt und kaum zu silhouettieren wären auch die Gründe, aus denen sie hätte vorgeben sollen, etwas zu empfinden, was sie nicht empfand, wennschon ich mir einige vorstellen könnte. Aber das ist ein weites Feld, und eine Untersuchung brächte neben anderen auch die Frage zur Debatte, nach welchen Gesichtspunkten junge Mädchen ihre Gefühle verschenken. Ich habe Petermanns Melodie nie vernommen, weil er nie das mausgraue Etui für mich geöffnet hat. Aber es fällt mir deshalb nicht ein, an ihrer Existenz zu zweifeln. Eher im Gegenteil: überzeugt von der Fragwürdigkeit unserer Sinneseindrücke und aller abwägbaren und registrierbaren Ereignisse, bin ich fast geneigt, jenen Dingen größere Daseinsberechtigung und größeren Machteinfluß auf unser Leben zuzusprechen, die, unsichtbar, ungreifbar, miasmatisch zwar, doch all unser Tun beeinflussen, und gerade das, was einer glaubt, wird bestimmt durch eine so umständliche und ausgebreitete Folge von Faktoren persönlichster Färbung, daß man sich hier, mehr als anderswo, vor dem Verallgemeinern hüten soll, wenn man weise bleiben will.

Als Petermanns Melodie späterhin einiges Aufsehen erregte, befragte ich Andrea danach, ob sie diese an jenem entscheidenden Nachmittag auch wirklich gehört habe. Sie antwortete ja, und ich hatte durchaus den Eindruck, daß sie es auch glaubte. Das war es, sehen Sie: sie glaubte es. Alles andere war nicht von Belang.

Sie glaubte es wahrscheinlich aus einem Grund besonders, und wenn ich dumm genug gewesen wäre, weiter in sie zu dringen, so hätte sie ihn mir gewiß auch genannt: weil sie Petermann liebte. Ich fragte aber nicht weiter. Man soll nie so lange über eine Sache sprechen, bis nichts mehr über sie zu sagen ist.

Wenn ich nun meine skeptische Natur zu Wort kommen lasse und die Meinung vertrete, Petermanns Melodie habe niemals existiert, so entsteht in mir die Ansicht, Andrea habe *zunächst* gar nichts gehört und ihr erster Gedanke war gleichfalls, das mausgraue Etui mit seinem imaginären Inhalt sei Petermanns entschuldbarer Tick, seine Marotte. Ihr zweiter Gedanke, und dabei ist es fraglich, ob sie ihn auch bewußt durchdachte oder ob er nur als Ideenassoziation ihr weiteres Betragen bestimmte, galt vermutlich ihrer Liebe. Eine Melodie in einem mausgrauen Etui war etwas Ungewöhnliches. Wenn sie beide nun, und etwa nur sie beide, sie hörten, so wurde aus dem Ungewöhnlichen etwas Absonderndes und gleichzeitig Verbindendes, etwas Wertvolles für jemanden mit einer jungen Liebe, nicht wahr? Dabei wiederhole ich, daß Andrea sich nur unwahrscheinlicherweise über diesen Gedankengang Rechenschaft gab und daß sie, wie es ja ihrer weiblichen Natur auch mehr entsprach, sich erst mit seinen Ergebnissen auseinandersetzte.

Diese Zergliederung ihrer Motive wirkt, da ich sie lese, unangenehm auf mich, und so beschließe ich, den Skeptiker in mir zu unterdrücken, denn er steht in einer Geschichte wie dieser selbst dann im Unrecht, wenn die Logik ihm recht gibt. Aber ich muß meine Überlegungen zu einem Abschluß bringen. Die Ergebnisse von Andreas unbewußtem Gedankengang bewirkten nun das Wunder – denn für den Skeptiker ist es immerhin noch eines –, daß sie tatsächlich die Melodie zu hören begann, vielleicht nicht sehr gut und vielleicht auch ganz anders, als Petermann und sein Großvater sie gehört hatten, doch das ist gleich: wer weiß, ob die Farbe, die wir beide Rot nennen, mir nicht blau erschiene, wenn ich sie mit Ihrem Auge sähe?

Andrea hörte also die Melodie. Und es war, natürlich, eine wundervolle Melodie, die schönste von allen. Denn dies leuchtet ein: wenn sie irgendeine hörte, dann mußte es die schönste sein, in der ihre Seele zu schwingen vermochte, die Melodie ihrer Liebe, wenn Sie wollen, beispielsweise. Nebenbei bemerkt ist es auch noch durchaus möglich, und indem ich dem Skeptiker den Mund verbiete, weigert sich nichts in mir, daran zu glauben, daß Petermanns mausgraues Etui in der Tat eine Melodie enthielt und daß seine Geliebte diese konservierte Musik sogleich vernehmen konnte. Das ist auch möglich ... genug: Andrea vernahm die Melodie. Und Petermann vernahm sie gleichfalls.

Man wird verstehen, daß das Erbe seines Vaters für ihn nun gewaltig an Bedeutung gewann, da es sozusagen das materiegewordene Band ihrer Liebe vorstellte, den Extrakt der sie verbindenden Gefühle und Neigungen.

Von diesem Nachmittag an vernahmen beide nun mühelos Petermanns Melodie, und sie wurde bald wichtiger als Bilder, Katze, Pfeife, Bücher und alles, um so mehr, als sie die magische Kraft bewies, auch Andreas Regentage in solche voll Sonne zu wandeln. Begreiflicherweise war es ausgeschlossen, Petermann jetzt noch zu bewegen, die Melodie herumzuzeigen. Sie war tabu. Er machte ein Mysterium aus ihr. Es wäre taktlos gewesen, ihn zu drängen. Es tat's auch keiner. Er wurde nur allgemein ein wenig beneidet. Nicht um die Melodie allein ...

Ich komme nun zu dem bewegteren Teil meiner Erzählung, einem neuen Kapitel, sozusagen.

Eines Tages erkrankte Andreas Mutter und bat ihre Tochter, zu ihr zu kommen. Sie lebte in der Schweiz. Wir brachten Andrea zur Bahn, und Petermann, den irgend etwas in der Stadt festhielt, trug dabei das Gehaben einer verprügelten Ziege zur Schau. Aus seiner zweiwöchigen Trennung von Andrea machte er eine gute, handfeste Tragödie, die alle Anwesenden, je nach Temperament, erregt werden ließ. Er jammerte und seufzte und rief alle Welt zum Zeugen seiner gramvollen Misere an. Andrea selbst behandelte ihn mit jener nachgiebigen Herzlichkeit, welche Krankenschwestern ihren Patienten entgegenbringen. Sie nahm mich knapp vor Abfahrt ihres Zuges beiseite und bat mich als einen alten Freund, für die Dauer ihrer Abwesenheit auf Petermann zu achten und ihn, soweit dies in meiner Macht läge, aufzuheitern. Ich versprach zu tun, was mir möglich war, und küßte ihre Hand. Dann standen wir auf dem schmutzigen Pflaster des Perrons und winkten dem Zug nach, bis er in den naßkalten Regenschauern dieses Frühlingsmorgens unterging. Ich lud Petermann für den Abend zu mir ein, und als er kam, bereitete ich ein mehrgängiges Diner, eine pompöse Angelegenheit. Anschließend hatte ich Gelegenheit, mich über meinen Freund zu ärgern, der lustlos in seinem Essen stocherte, Burgunder ablehnte und endlich erstickt murmelte, daß er gänzlich appetitlos sei. Ich versuchte ihn umzustimmen, indem ich einen Bummel durch die Stadt vorschlug, den er ablehnte, indem ich einen Manhattan mixte, in den er beinahe seine Tränen tropfen ließ, indem ich tausendundein Gespräch begann, um schließlich, in krampfhaftem Gedenken an das Versprechen, das ich seiner wunderschönen Freundin gegeben hatte, eine Partie Schach vorzuschlagen, wozu er sich bereit erklärte. Mitten im ersten Spiel begann er von Andrea zu erzählen und blieb bis zwei Uhr nachts bei mir. Damals erfuhr ich von der Melodie und den Ereignissen, die ich bisher berichtet habe. Als ich ihn schließlich nach Hause brachte, schüttelte er mir überlange die Hand, wie einer, der auf ewig von uns geht, nannte mich sentimental seinen einzigen Freund und hätte mich fast auf die Stirne geküßt.

In den folgenden Tagen heiterte er sich ein wenig auf und war, sooft man zu ihm kam, damit beschäftigt, umfangreiche Briefe abzufassen, denen er Krokusblüten, Glücksgroschen, vierblättrigen Klee und ähnliches beilegte. Auf seinem Schreibtisch tauchte plötzlich ein enormer Kalender auf, und ich hatte ihn im Verdacht, daß er auf ihm mit Rotstift jeden glücklich allein verbrachten Tag ausstrich. Gegen Ende der zweiten Woche ersehnte ich Andreas Rückkehr schon fast ebensosehr wie er selbst. Ich erklärte mich bereit, sie gemeinsam mit ihm am Bahnhof zu erwarten, doch er lehnte dies ab, wennschon er zu überlegen schien, daß ich immerhin die Blumen hätte halten können, die er selbst nicht zu tragen vermochte. Er gab dann einem indifferenten Dienstmann den Vorrang.

An dem Abend, da er Andrea zurückerwartete, war ich bei Sörensen eingeladen und eben im Begriff, das Haus zu verlassen, als Petermann hereinwankte, ein Stück Papier schwenkte, sich in einen Sessel fallen ließ und das Gesicht mit den Händen bedeckte.

Was gibt's? fragte ich.

Er antwortete nicht und bewegte nur stöhnend den Kopf.

Ich fragte zwei weitere Male und sah dann auf die Uhr, denn Sörensen erwartete mich um halb acht, und es war bereits sieben Uhr zwanzig. Petermann hockte in seinem Sessel und murmelte vor sich hin. Endlich fiel mein Blick auf das Papier, das zu Boden geglitten war, und ich hob es auf und las. Es war ein Telegramm Andreas und besagte, daß die nur langsam fortschreitende Genesung ihrer Mutter sie zwinge, eine weitere Woche bei ihr zu bleiben. Als ich gelesen hatte, setzte ich mich und stöhnte gleichfalls. Es war überhaupt ganz so wie in den gewissen amerikanischen Lustspielen. Nur nicht so lustig. Die Aussicht, eine neue Woche lang das Wesen zu sein, an dem Petermanns Melancholie sich kompensierte, war geeignet, mich freudlos zu stimmen. Ich betrachtete ihn widerwillig, und als er die Serie seiner leidenschaftlichen Geräusche durch ein dünnes, qualvolles Stöhnen ergänzte, riß mir die Geduld, und ich sagte, er möge sich doch, zum Teufel, zusammennehmen, es gäbe schlimmere Dinge, als sieben Tage lang allein zu sein, schließlich sei Andreas Mutter krank und so weiter, und überhaupt müsse ich jetzt gehen, da ich verabredet sei. Er sah auf, und sein Gesicht trug wieder jenen unerträglichen Ziegenausdruck, daß mir ganz elend wurde. Verabredet? wiederholte er verloren und bewegte die Beine hin und her.

Ja, sagte ich, mit Sörensen. Er gibt ein Fest. Herzliches Mitgefühl, alter Freund, aber ich bin in großer Eile. Während ich noch sprach, kam mir ein anderer Gedanke, und ich fügte erlöst hinzu: Komm doch mit.

Er sprang auf und erkundigte sich schreiend, ob ich wahnsinnig geworden sei. Dabei betrug er sich, als hätte ich von ihm verlangt, er möge mir Andrea zur Frau geben.

Niemals, brüllte er, werde ich dich zu deinem lächerlichen Sörensen begleiten. Die Aufforderung dazu allein ist schon eine gigantische Geschmacklosigkeit, ich dachte, du wärest mein Freund, und so fort in der gleichen Tonart durch mehrere Minuten, nach deren Ablauf er von vorne begann. Die Laustärke behielt er bei den Wiederholungen bei. Natürlich ging er mit mir, ich brauche es kaum zu erwähnen. Die Menschen tun immer das, was zu tun sie am meisten sich weigern.

Wir kamen zu spät, die anderen waren schon da. Sörensen ist mein Freund und empfing uns herzlich. Es wurde ein erfreulicher Abend. Das Essen war gut, denn Sörensen hatte seine alte Köchin zu mir geschickt, damit sie sich mit mir beriete, und die Ergebnisse unserer Konferenz waren für alle Teile zufriedenstellend. Der Wein war angenehm, und ich lernte einige interessante Menschen kennen, was mich beruhigte. Denn Essen und Trinken erledigt man besser und ruhiger allein, und der Vorgang der gemeinsamen Nahrungsaufnahme rechtfertigt noch keine Geselligkeit. Petermann unterhielt sich gleichfalls, und ich war froh, ihn mitgenommen zu haben. Später tranken wir alle ein wenig. Petermann trank mehr, er hatte seinen Kummer. Als er von seiner Melodie zu sprechen begann, wußte ich, daß er zuviel getrunken hatte. Aber es kam mir nicht sehr deutlich zu Bewußtsein, ich registrierte nur sozusagen das Faktum und kümmerte mich nicht weiter darum. Nun ist eine

Sache, die einem nüchternen Menschen absonderlich erscheint, für einen nicht mehr nüchternen noch kein unbedingtes Geheimnis, es kann auch das Gegenteil eintreten. In diesem Fall aber war es so: Petermanns Melodie erregte Sensation, Sörensens sprechender Papagei fiel vergleichsweise glatt unter den Tisch. Die Melodie interessierte jedermann, nicht nur jene, welche ihren ordinären Wortschatz bereichern wollten. Petermann und seine Melodie schoben sich in den Mittelpunkt. Man begehrte sie zu sehen. Man rief nach ihr. Man forderte Petermann auf, sie vorzuweisen. Wir hatten alle ein wenig getrunken. Ich wünschte einen Augenblick lang, Andrea wäre anwesend, denn irgendwie erschien es mir ungehörig, daß Petermann solches Aufsehen mit dem mausgrauen Etui machte. Er zog es zunächst aus der Tasche und hielt eine Rede. Danach reichte er es herum. Schließlich öffnete er es auf dringenden Wunsch, überzeugte sich, daß die Melodie vorhanden war, und reichte die kleine Schachtel dann triumphierend dem Fräulein Lou. Hier muß ich einfügen, daß ich an Petermanns Stelle die Melodie nicht gerade ihr gereicht hätte. Ich mag Fräulein Lou nicht, wobei ich mir bewußt bin, daß sie meine Antipathien auf das wärmste erwidert, wie das ja nur natürlich ist. Fräulein Lou verkörpert für mich geradezu ideal alle die Eigenschaften in sich, die ich an dem Mädchen, welches ich liebe, nicht sehen möchte. Ich gebe zu, daß über den Geschmack nur schwer gestritten werden kann. Die folgenden Ereignisse gaben mir jedoch, wenn ich so sagen darf, recht.

Fräulein Lou nahm das mausgraue Etui aus Petermanns Hand entgegen, warf das Haar aus der Stirn zurück und hielt den Behälter lächelnd ans Ohr. Die anderen waren ganz still und sahen sie an. Fräulein Lou hielt das mausgraue Etui etwa so lange ans Ohr, als man braucht, um bis zehn zu zählen. Danach brach sie ihr Lächeln ab, schüttelte verwundert den Kopf, nahm das Etui vom Ohr und sah hinein. Dabei war es noch immer still, und ich bemerkte, daß Petermann sie plötzlich angstvoll ansah. Fräulein Lou blickte mit weit aufgerissenen Augen in das Innere des Etuis und sagte: Aber – aber, es ist ja ganz leer.

Sie hatte die Melodie also nicht vernommen.

Persönlich erschien es mir, beiläufig bemerkt, auch durchaus plausibel, daß sie die Melodie selbst dann nicht hören konnte, wenn diese vorhanden war. Doch das nur nebenbei. Jedenfalls mußte mit ihrer Bemerkung ein Bann gebrochen sein. Die Stille war zu Ende. Plötzlich sprachen alle durcheinander.

Das Ganze erinnerte mich an ein Märchen Andersens, in welchem ein kleines Kind die von der Devotion der Erwachsenen bemäntelte Nacktheit des Kaisers durch einen ähnlichen Ausruf allen vor Augen führt, nur daß es sich hier eben um ein völliges Gegenteil, in jeder Hinsicht, handelte, wobei als einzige Parallele die Beseitigung einer Illusion auffallen konnte. Fräulein Lou hatte die Melodie nicht gehört. Petermann betrachtete sie, trank ein Glas Cognac, betrachtete sie wieder und sagte: Wie, Sie haben nichts gehört?

Nein, sagte das Fräulein Lou.

Keine Melodie, fragte Petermann erschüttert, keinen einzigen Ton?

Nein, erwiderte das Fräulein, sie habe nichts, keinen einzigen Ton gehört.

Ich wäre Petermann gerne zu Hilfe gekommen, ich wußte nur nicht, was ich tun sollte. Während ich noch nachdachte, entwickelte sich die Katastrophe bereits weiter. Ehe Petermann das mausgraue Etui wieder an sich bringen konnte, hatten ein Dutzend Hände dazwischen gegriffen und ihn von seinem Besitz isoliert.

Als erster griff der Advokat Gehlen danach. Er sah hinein, hielt es ans Ohr, wobei er die Augen schloß und den Mund leicht öffnete und sagte, nein, er höre auch nichts. Dabei blickte er Fräulein Lou an, deren Wahrnehmung er bestätigte. Nach Gehlen nahm der Kaufmann Norström das Etui zur Hand, hielt es flüchtig an beide Ohren, schüttelte es, wie um den Mechanismus in Gang zu bringen, horchte wieder, hörte sichtlich gleichfalls nichts und reichte es mißgestimmt seiner Frau. Diese lachte auf sonderbare Weise und horchte dann so lange Zeit, daß ich schon meinte, sie vernehme die Melodie, reichte jedoch das Etui mit dem gleichen sonderbaren Lachen, ohne etwas über ihre Wahrnehmung auszusagen, an Fräulein Gloria weiter, welche gleichfalls vergeblich lauschte und den Behälter an den Literaturhistoriker Gulbransson weiterschob, der sich das Phänomen mit seiner Schwerhörigkeit erklärte und das Etui an Fräulein Gerda übergab, die es dem Mediziner Platen reichte, der, gleichfalls ohne von sich sagen zu können, er habe die Melodie gehört, eben im Begriff stand, die kleine Schachtel an mich weiterzugeben, als Petermann aus seiner Erstarrung erwachte, sich auf mich stürzte und sie mir entriß. Danach schrie er laut auf und raste betrunken zur Tür, wobei er einen Stuhl umwarf. Während wir alle noch erschrocken umherstanden, fiel draußen bereits eine Tür ins Schloß, und man hörte Petermann die Stiegen hinabeilen. Sörensen kam als erster wieder zu sich, rannte gleichfalls zur Tür und rief mir zu, ihm zu folgen. Nun kann ich mich nur schwer bewegen, wenn ich betrunken bin, und unsere Jagd auf den flüchtigen Petermann gehört nicht zu meinen schönsten Erinnerungen. Im Treppenhaus stürzte ich zum ersten, draußen im Garten zum zweiten Male. Es war ganz dunkel, und als ich mich aus dem feuchten Gras erhob, drehte sich die Finsternis um mich, daß mir speiübel wurde. Von irgendwoher brüllte Sörensen meinen Namen, und ich stolperte mühsam auf die Straße hinaus, wo wir gemeinsam nach Petermann schrien, der jedoch nicht zum Vorschein kam. Endlich, als all unser Suchen und Rufen erfolglos blieb, bat ich Sörensen schwach, die Verfolgung aufzugeben und zu den anderen zurückzukehren. Der Abend endete in allgemeiner Depression, was mir für Sörensen leid tat. Er hatte sich große Mühe gegeben.

Als ich Petermann am nächsten Tag besuchte, war er betrunken und warf eine Flasche nach mir. Ich versuchte, durch die Tür vernünftig mit ihm zu sprechen, aber er schrie, ich möge zur Hölle gehen, und als ich weiterhin auf ihn einredete, begann er so gräßlich zu grölen und zu singen, daß ich es einfach nicht aushalten konnte und fortging.

Die folgenden Nächte verbrachte Petermann nicht zu Hause, und seine Wirtin erzählte mir, daß er erst morgens, meist betrunken, heimzukehren pflegte. Auch, sagte sie, habe er sie aufgefordert, an einem grauen Behälter, den sie zu seinem elektrischen Rasierapparat gehörig wähnte, zu horchen, und ihr einzureden versucht, er enthalte eine Melodie. Als die Erschrockene nun erwiderte, sie vermöge nichts zu hören, geriet Petermann in ungeheuren Zorn, schmiß das Etui an die Wand und gebärdete sich nach der Aussage der Wirtin wie toll, wobei er in der erwähnten unerträglichen Weise zu fluchen fortfuhr. Die arme Frau bat mich, ihn nochmals aufzusuchen, allein, ich hatte mehr als genug. Nicht einmal der Gedanke an das Versprechen, das ich Andrea gegeben hatte, konnte mich bewegen, seine Wohnung neuerlich zu betreten.

In den nächsten beiden Tagen ereigneten sich in schneller Aufeinanderfolge Dinge, die mich besorgt werden ließen. Zunächst begegnete ich einigen Bekannten, die mich sogleich auf Petermanns Betragen ansprachen. Sie alle waren meinem Freund in den Weg geraten, und zwar, um seine Odyssee hier aufzuzeigen, beispielsweise in der Untergrundbahn, auf dem Platz vor der Markuskirche, bei den Lagerhäusern am Kai und, gegen drei Uhr morgens, im Herrenwaschraum von Giraldas Bar. Alle äußerten sich im Tonfall verwunderter Besorgnis über sein Verhalten, und ich entnahm ihren Schilderungen, daß mein unglücklicher Freund in der größeren Zahl der Fälle betrunken gewesen war. Stets hatte er den Verblüfften ein Lederetui vorgewiesen und dazu eine Geschichte erzählt, der seine Zuhörer entnahmen, daß ihm aus diesem ein Wertgegenstand entwendet worden war. Doch ließ sein Zustand einer ernsthaften Konversation nicht Raum. Ich beruhigte sie alle, so gut ich konnte, und nahm mir nun doch vor, am nächsten Morgen noch einmal zu Petermann zu gehen und außerdem dringend an Andrea zu schreiben. Das war am Mittwoch. Am Donnerstag, bei der Lektüre der Zeitung, stieß ich auf die folgende Notiz:

> In den frühen Abendstunden des gestrigen Tages hörte der Polizist Thompson aus einer der Villen in der Regentstraße laute Hilferufe. Er betrat das Haus und kam eben zurecht, um Fräulein Lou Weigand, die Eigentümerin der Villa, vor den Angriffen eines Menschen zu schützen, der wie von Sinnen auf die oben Genannte einschlug. Polizist Thompson verhaftete den Angreifer, einen gewissen Stefan Petermann, und lieferte ihn auf dem Kommissariat 510 ein. In einem ersten Verhör sagte der offenbar Geistesgestörte aus, die Weigand habe ihm eine «Melodie» gestohlen und er hätte versucht, sich durch Gewalt wieder in den Besitz seines Eigentums zu setzen. Fräulein Weigand, die mit glücklicherweise nur leichten Verletzungen häuslicher Pflege überlassen werden konnte, wies die Anschuldigung eines musikalischen Plagiats energisch von sich und gab an, den Verhafteten schon seit längerer Zeit als exzentrischen, unberechenbaren Menschen zu kennen. Petermann wurde in die Psychiatrische Klinik eingeliefert.

Sobald ich der Lähmung, die mich beim Lesen dieser Zeilen ergriff, Herr geworden war, rief ich meinen Freund Dr. Bergengrün, den Leiter der Psychiatrischen Klinik, an und erwirkte, nachdem ich ihn von den Ereignissen in Kenntnis gesetzt hatte, sogleich die Erlaubnis, Petermann zu besuchen. Ehe ich mich auf den Weg machte, sandte ich noch ein Telegramm an Andrea ab, in dem ich sie dringend bat, sogleich zurückzukehren.

Die Psychiatrische Klinik liegt weit vor der Stadt, in einer jener herrlichen Gegenden, wie sie für Irrenanstalten und Friedhöfe charakteristisch sind. Als ich ankam, leuchtete die Sonne eben noch über den sanften Hügelketten der Weinberge, und ein leichter Ostwind trieb Myriaden von Schäferwolken dem Sonnenuntergang entgegen. Bergengrün erwartete mich in seinem Zimmer.

Er habe, sagte er, Petermann bereits gesprochen und den Eindruck gewonnen, daß es sich hier durchaus nicht um einen Fall bösartiger Geistesgestörtheit handle. Der Patient war ruhig, intelligent und bescheiden. Allein seine Zwangsidee war abnormal an ihm, diese allerdings verfolgte er mit größter Verbissenheit und bestätigte sich ihre Richtigkeit unaufhörlich, indem er als wichtigstes Argument anführte, er selbst könnte die Melodie nicht mehr hören. Ich bat Bergengrün um die Erlaubnis, Petermann in seinem Zimmer zu besuchen, und erhielt sie. Er saß am Fenster und sah in den dämmernden Park hinaus. Dabei trug er noch seine eigene, zerdrückte und leicht beschmutzte Kleidung, und über die linke Augenbraue lief ihm ein dunkles Mal, wahrscheinlich eine Wunde aus seinem Kampf mit dem Polizisten Thompson. In der Hand hielt er das mausgraue Etui.

Guten Abend, Petermann, sagte ich. Er nickte trübe und sah dann an mir vorbei wieder in den Garten hinaus.

Ich nehme an, du weißt, was ich getan habe? fragte er. Ich erwiderte, ich hätte es gelesen, und er seufzte. Sie hat mir die Melodie gestohlen, sagte er, sie muß mir meine Melodie gestohlen haben, denn ich höre sie nicht mehr. Unsinn, rief ich, was sollte sie denn damit?

Er wandte sich wieder mir zu und bewegte listig den Kopf. Ah, meinte er, sage das nicht, sie war sehr wertvoll, meine Melodie. Sie könnte sich Perlen dafür haben kaufen wollen.

Aber du hast doch nicht den geringsten Beweis dafür, daß sie es wirklich getan hat.

O doch, rief er.

Nämlich welchen?

Den, daß ich sie nicht mehr hören kann, erwiderte er.

Bergengrün, der neben mir stand, nickte. Es hatte keinen Sinn.

Andrea kommt zurück, erzählte ich.

O wirklich, sagte Petermann, anscheinend interesselos.

Zum Teufel, freust du dich denn gar nicht?

Er lächelte schief.

Gewiß freue ich mich, aber bedenke: wenn sie erfährt, daß ich unsere Melodie verloren habe, daß diese Person sie mir gestohlen hat...

Petermann, sagte ich mit großer Beherrschung, sie *hat* sie doch nicht gestohlen.

Er saß steinern.

Doch, sagte er, sie hat mir meine Melodie gestohlen. Denn ich kann sie nicht mehr hören.

Schließlich verabschiedete ich mich und fuhr in die Stadt zurück. Plötzlich quälte mich ein schlechtes Gewissen, und ich sah Andreas Heimkehr mit gemischten Gefühlen entgegen.

Zu Hause fand ich ihr Antworttelegramm vor. Sie schrieb, sie käme mit dem Abendzug des nächsten Tages an. In dessen Verlauf sprach ich telefonisch mehrmals mit Bergengrün, der mir sagte, daß Petermanns Zustand zufriedenstellend war, er zeigte Ruhe, Appetit, ja eine gewisse Fröhlichkeit, nur eben seine fixe Idee verfolgte ihn weiter.

Am Abend holte ich Andrea von der Bahn ab. Sie erreichte die Stadt gegen acht Uhr. Ich versorgte ihr Gepäck und schlug sodann vor, zu mir zu gehen, doch sie erklärte, Petermann noch am gleichen Tage sehen zu wollen. Wir nahmen ein Taxi, und unterwegs erzählte ich ihr alles, was es zu erzählen gab. Sie bewies, daß sie ein wundervolles Mädchen war. Sie verlor kein Wort über mein so schlecht gehaltenes Versprechen und zeigte sich nur rührend um Petermann besorgt.

Er kann also die Melodie nicht mehr hören? fragte sie, während der Chauffeur auf kreischenden Reifen in die Nord-Süd-Chaussee einbog.

So behauptet er, erwiderte ich, und sie seufzte.

Andrea, sagte ich ernst, es liegt jetzt alles an dir. Verstehst du mich?

Sie wandte den Kopf, und ich fühlte, wie sie mich im Dunkeln ansah.

Ja, sagte sie, ich verstehe.

Wir erreichten das Sanatorium gegen zehn Uhr nachts. Bergengrün war glücklicherweise noch anwesend, und ich stellte ihn Andrea vor.

Unser Freund schläft schon, sagte er, wollen wir ihn nicht besser schlafen lassen?

Ich würde ihn gerne noch heute sehen, erklärte Andrea und lächelte. Ich wandte mich ab. Es ist immer traurig für mich, Zeuge der Triumphe von Andreas Lächeln zu sein. Es senkt die Achtung vor meinen Geschlechtsgenossen und vor mir selbst. Im Hause brannten blaue Lampen, und wir gingen einen weißen Gang entlang, an dessen Ende Bergengrün Andrea eine Tür öffnete. Wir betraten Petermanns Zimmer. Sein Bett stand neben dem offenen

Fenster, und ich konnte undeutlich sein Gesicht mit dem wirren Haar auf dem großen Kissen erkennen.

Andrea beugte sich über ihn. Petermann schlief nicht, er bewegte sich und sagte mit heiserer Stimme: Andrea.

Mein armer Liebling, sagte sie und küßte ihn.

Du hast gehört, was geschehen ist? fragte er nach einer ängstlichen Pause weiter. Sie neigte den Kopf. Ich habe unsere Melodie verloren, murmelte er noch leiser. Es war schrecklich. Es war kaum mitanzuhören. Andrea strich ihm das Haar zurück.

Die nächsten Minuten übergehe ich. Bergengrün und ich standen einfach so herum, und Andrea beruhigte Petermann wie ein kleines Kind, sehr süß und zärtlich, und wahrscheinlich war es nur Neid, der mich das Ganze abscheulich finden ließ, aber es erinnerte mich an meine frühe Jugend. Da pflegte meine Mutter, wenn mir ein Leid geschehen war, mich eine Weile umherzutragen, wobei sie mir, mich leise wiegend, Phantasienamen gab: Roter Punkt, Goldfasan, Silberfisch, Regenbogen...

Petermann lag in seinem Bett und litt.

Hast du das Etui? fragte Andrea. Er nickte und reichte es ihr. Du wirst nichts hören, meinte er. Dennoch hatte ihm ihre Anwesenheit schon wieder so viel Zuversicht verliehen, daß er selbst es ans Ohr hielt, seiner eigenen Prophezeiung nicht mehr sicher. Aber er ließ es bald wieder gramvoll sinken. Nein, sagte er, nichts.

Gib es mir, bat Andrea.

Was nun geschah, war sozusagen eine Wiederholung der Verzauberung jenes Nachmittags, da Andrea die Melodie zum erstenmal hörte. Wie damals hob sie auch diesmal das Etui ans Ohr, lauschte eine Weile und begann dann von innen her dermaßen zu leuchten und zu strahlen, daß mein Herz wie ein Hammer klopfte. Ich hörte, wie sie Atem holte.

Liebster, sagte Andrea, sie ist noch da, unsere Melodie.

Petermann setzte sich im Bett auf und packte ihre Hand.

Du hörst etwas, krächzte er, wie?

Gewiß, erwiderte Andrea, ich höre unsere Melodie, ich höre sie wie immer.

Petermann war völlig außer sich.

Du hörst? schrie er. Du kannst sie hören? Er griff nach der kleinen Schachtel und hielt sie sich selbst ans Ohr. Seine Stirn furchte sich vor Anstrengung, während er lauschte. Eine Minute verstrich. Andrea legte ihre Hand auf seine Schulter. Petermann saß ganz unbeweglich und preßte das Etui ans Ohr. Dann begann seine

Hand zu zittern, und die Kassette fiel auf das Kissen, und Petermann sank vorwärts, bis sein Gesicht an Andreas Hals gebettet lag.

Allmächtiger Gott, hörte ich ihn sagen, allmächtiger Gott im Himmel, ich höre sie: ich höre die Melodie wieder.

Andrea legte beide Arme um ihn. Petermann weinte. Bergengrün nahm mich an der Hand, und wir stiegen durch das Fenster in den Park hinaus. Er ist der weiseste Mann, den ich kenne.

Eine wunderbare Frau, sagte er.

Ja, erwiderte ich, nicht wahr? Und dann schwiegen wir beide gedankenvoll.

Sonderbar, sagte ich etwas später, nun hat diese Melodie, etwas also, das vielleicht niemals existierte, durch ihre Wiederkehr alles gut werden lassen und ist doch bestenfalls ebenso wirklich vorhanden, wie sie es früher war. Wie nennt ihr Ärzte das? Psychose? Suggestion?

Bergengrün entzündete eine riesenhafte Zigarre und warf das Streichholz in einen kleinen Teich, der im Dunkeln glänzte.

Ich nenne es Glück, sagte der Dr. Bergengrün.

Vielleicht hat er recht. Ja, ich glaube es fast.

Denn worin liegt das Glück?

Das Glück liegt nicht in den Dingen, die wir besitzen, sondern in den Dingen, die zu besitzen wir glauben.

# EINE BEGEGNUNG IM NEBEL

An einem Herbstmorgen im letzten Jahre des Krieges verließ eine Gruppe von fünfzehn Reitern mit erster Tageshelle ihr Quartier und entfernte sich, behindert durch ungewöhnlich dichten, milchigen Nebel, gegen die nördlich verlaufende Front. Es war ihre Aufgabe, sich über die Bewegungen und Absichten des Gegners zu informieren, der, Gerüchten zufolge, die ihren Ursprung in der tiefen Hoffnungslosigkeit der Truppe nahmen, aber auch allen militärischen Anzeichen nach, Vorbereitungen zur schnellsten Beendigung eines längst eindeutig zu seinen Gunsten entschiedenen Kampfes traf.

Demnach war die Mission jener zur Aufklärung ausgesandten Männer wie ihre Erfüllung schon ohne jeden Einfluß auf eine künftige Entwicklung und hätte ebenso ganz unterbleiben können. Daß man dennoch den Versuch unternahm, ihr nachzukommen, liegt begründet in der intoleranten Unberührtheit höherer Dienststellen wie in jener Erziehung des Soldaten zu einem lächelnden Fatalismus, den die Ereignisse mehrerer Kriegsjahre so verantwortungslos wie nachdrücklich propagiert hatten. Es konnte keinen Zweifel mehr darüber geben, daß der Krieg verloren war. Eine Redensart wie die, daß man ihn ebensowohl heute schon wie morgen erst beenden durfte, war lediglich dahin korrigierbar, daß es nämlich am besten gewesen wäre, dieses bereits gestern zu tun.

Dennoch verließen an jenem Herbstmorgen, beim Anbruch der ersten Tageshelle, fünfzehn Reiter ihr Quartier und bewegten sich, wenngleich gehemmt durch überaus starken Nebel, in guter Ordnung der Front entgegen. Unter ihnen befand sich ein gewisser George Fortescue, ein Mensch mittleren Alters, ruhig und zurückhaltend in seinem Benehmen, Träger eines guten Namens, der in der Erregung dieser letzten Tage nur deshalb auffiel, weil er verschwand. Als nämlich die einzelnen Patrouillen der Expedition gegen Abend an einer vereinbarten Wegstelle wieder zusammentrafen, warteten sie durch mehrere Stunden vergeblich auf Fortescue, bis sie endlich ohne ihn und mit spärlichem Nachrichtenmaterial heimkehrten. Der Nebel, der zu dieser Zeit noch wie am Morgen über die schwarze Erde gebreitet lag, schien ihnen die Schuld an seinem Verschwinden zu tragen. Sie wähnten, er sei in die Irre geritten und vielleicht auch in Gefangenschaft geraten. Des Verdachtes der Flucht in eine solche enthob ihn sein vielen bekanntes Wesen, wenn der Gedanke an das unmittelbar bevorstehende Ende des Krieges allein diesen nicht jedermann schon unsinnig erscheinen ließ. Des Todes, des gegenwärtigen wie des zukünftigen, gedachte man geflissentlich nicht.

Im Laufe der Nacht klärten sich Luft und Himmel, und der nächste Morgen kam mit östlichen Winden und einem ruhigen Sonnenschein, der schwach und freundlich auf den zerfahrenen Feldern lag. Gegen neun Uhr erschien am Rande der Hügelkette, die das Tal nach Norden abschloß, die Silhouette eines Reiters, in dem man, da er näher kam, Fortescue erkannte. Was auffiel, war eine verträumte Nachlässigkeit des Reitens und der Haltung, mit der er im Sattel des Pferdes saß, das seinen Weg allein suchte und fand. Auf Befragen erklärte er, sich verirrt zu haben. Erst die Helle des gegenwärtigen Tages ermöglichte es ihm, sich zu orientieren und zurückzukehren. Gefragt, ob er irgendwelche Mitteilungen militärischer Natur zu machen habe, erwiderte er, nichts von Belang sagen zu können, und zog sich bald darauf, nachdenklich und abwesend, in seine Unterkunft zurück, wo er die nächsten Stunden verbrachte.

Eine Woche später sprach es sich herum, daß Friedensverhandlungen im Gange wären, und bald darauf erhielten alle Truppenteile des Abschnitts den Befehl, sich in Ordnung nach Süden abzusetzen. Die Stellungen wurden kampflos übergeben. Die Armee einer besiegten Nation kehrte heim.

Der dritte Abend ihres Weges brachte Fortescues Schwadron in die Nähe eines zum Teil zerstörten Kastells, in welchem man die Nacht zu verbringen beschloß. Das Haus war von den Besitzern verlassen, die schweren Tore des Parks hingen in zerschlagenen Angeln, und über dem von rücksichtslosen Rädern aufgerissenen Rasen mit seinen Blumenbeeten und Wasserbecken lagen die Schatten der Nacht. Eine Vielzahl von Geschossen hatte das Gebäude zu einer freudlosen Ruine gemacht, die von der Barbarei des Krieges sprach. Geborsten, hohl und ausgebrannt ragte sie über die geschlagenen Bäume des Waldes empor in einen Himmel hinein, der sich verdunkelte. Die Stufen der großen Treppe waren zerfallen, Putten mit zerschmetterten Gliedern und Vasen aus Stein lagen zu ihrem Fuße. Aus einigen der blinden Fensterrahmen wehten verblichene Tücher, bunte und weiße, andere waren vernagelt. Eine Dachrinne hatte sich von der Mauer gelöst und rührte mit jedem Windstoß gegen sie, klappernd und monoton. Tiere huschten über die Terrassen. Ein totes Haus voll gespenstischem Leben. Von seinen einstmals kostbaren Räumen, deren Möbel man verbrannt, deren Teppiche man gestohlen und die selbst man zu Ställen gemacht hatte, war die Bibliothek am wenigsten zerstört. Ihre Regale standen noch, und wenn auch zerrissene und umhergeworfene Bücher, beschmutzte Bilder und eine gebrochene Erdkugel, die der Büste Voltaires gleich einem Helm über den Kopf geschlagen worden war, den Betrachter daran erinnerte, daß dieser Landstrich in den Kämpfen vergangener Tage zwei- oder dreimal den Besitz gewechselt und viele Soldaten beherbergt hatte, so war die große Halle dennoch wohnlicher zu nennen als alle anderen Zimmer des Hauses. Mit der Selbstverständlichkeit jahrelanger Gewöhnung nahm die Truppe die Ruine in Beschlag. Blind geworden für Verwüstung und die Trostlosigkeit faulender Stunden und Tage ebenso wie für Todesgefahren und namenloses Leid, war auch diese Trümmerstätte schöner Dinge für sie nur eine weitere in der lange schon endlos gewordenen Reihe jener, die sie gesehen, geschaffen und voll Gleichmut hinter sich gelassen hatten. Feuer wurden entzündet, den Pferden Lager bereitet, und durch den abendlichen Park klangen Rufe und Stimmen.

Müde, erschlafft von dem Miasma, das, aus Niederlage, Heimkehr und dem Ende von Anspannung und Kampf geboren, wie eine Wolke über das Heer sich gesenkt hatte und die Ursache einer rekonvaleszenten Abgespanntheit war, begab man sich bald zur Ruhe. Mehrere Wachen sollten, Gewohnheiten vergangener Tage zufolge, aufgestellt werden. Doch verzichtete man schließlich, die Achsel zuckend über die Gleichgültigkeit solcher Konvention in der Einsicht, daß der Form Genüge geschah, wenn eine einzige, sich ablösend, auf dem Kies ihre Runden schritt und über den wirren Träumen der Ruhenden wachte. Ein Teil der Männer schlief bei den Pferden, der andere auf dem belegten Boden der Bibliothek. Zu diesen gehörte George Fortescue, der, einer Erkältung wegen, sich ein Lager vor dem wärmenden Kamin bereitete, indem er mehrere Decken um sich wand und dem Kopf Erhöhung und ein Kissen schuf, wobei er über einige Bücher, die er den Regalen entnommen hatte, seinen Mantel warf.

Es ergab sich jedoch, daß er trotz der vergleichsweise enormen Bequemlichkeit seiner Liegestatt keine Ruhe zu finden vermochte. Vielmehr lag er, irritiert durch die Anwesenheit der anderen und die Geräusche ihres schweren Schlafs, Stunde um Stunde wachend da, während draußen Vögel schrien und der Wind mit Ziegeln und

Blechen spielte. Er machte es sich zur Aufgabe, die Glut des Kamins zu erhalten, und ihr Widerschein brachte ihm den Gedanken zu lesen.

Die Elemente seines Kissens neuerlich nebeneinander legend, hatte er seine Wahl zwischen den Denkwürdigkeiten des Beaumarchais, dem von Doré illustrierten Cervantes, einer Geschichte des Theaters und einer umfangreichen Bibel zu treffen. Dorés Bilder beschäftigten ihn einige Minuten, während welcher er die Abenteuer des Don Quixote, ohne sie lesen zu können, durchblätterte. Sodann wandte er sich jener Geschichte des Theaters zu, die ihn ebensosehr enttäuschte, wie ihr Äußeres ihn hatte neugierig werden lassen, um, abgestoßen schließlich von dem überaus defekten Stil, in dem dort Uninteressantes geboten wurde, die Heilige Schrift zu öffnen, deren gelbliche Blätter nach dem Lavendel eines anderen Jahrhunderts dufteten. Er begann, nachdem er eine Zigarette entzündet hatte, halb liegend zu lesen, und zwar aus den Schriften der Propheten. Dabei geriet er nach kurzem schon an eine Stelle, die jäh sein Interesse auf sich zog und ihn so sehr gefangennahm, daß er sie wieder und wieder las. Danach schloß er das Buch.

Abwesend das Feuer betrachtend, wiederholte er die Worte der Schrift. Eine Verbindung ergab sich zwischen ihnen und den Ereignissen des Tages, ein Zusammenhang mit eigenem Erlebten. Die Flammen der großen Holzstücke strichen in die Dunkelheit des Kamins hinein, vor dem er lag. Er schien dem Sinnenden einer Bühne zu gleichen, auf der Vergangenes lebendig wurde wie noch Lebendes, in zwiefacher Gestalt. Aus dem Feuer und seinen Schatten ergaben sich Bilder und Landschaften und brachten Erinnerung. Der Wachende sah ihnen zu, und wie einem Fremden, der, jedes Agierens ledig, allein betrachtete, entstand ihm eine Episode, die sich aus dichtem Nebel, falschen Gemarkungen und einem Patrouillenritt vor kurzem ergeben hatte für einen gewissen George Fortescue, der eines Morgens mit erster Helle sein Quartier verließ und fortgeritten war mit fünfzehn anderen in nördlicher Richtung, den feindlichen Linien entgegen.

Der Weg war schmal, und die kleine Gruppe löste sich auf, ein Reiter folgte dem anderen in der zögernden Gangart der häufig strauchelnden Pferde. Fortescue beschloß den Zug. Wie sein Tier, so wandte auch er alle Aufmerksamkeit dem Gelände zu, das ihm der Nebel verbarg. Fluoreszierend, trübe und undurchdringlich umgaben ihn seine Schwaden, daß er sich fast erblindet wähnte. Baum und Strauch, Pferd und Reiter waren fleckige Schatten. Hufschlag und Stimmen kaum zu vernehmen. Sein Gewehr schlug Fortescue gegen den Rücken, mit Feuchtigkeit beladene Zweige streiften sein Gesicht. Sie ritten zu den Hügeln empor. Irgendwo jenseits des Kammes, in den verborgenen Tälern des Nordens, befand sich der Gegner, das war gewiß. Die unwirkliche Stille erklärte sich allein aus dem alle Geräusche absorbierenden Nebel, dem es gering ankam, den Lärm des Krieges verstummen zu lassen. Es bestand, dachte Fortescue, wenig Aussicht auf eine Lösung der ihnen gestellten Aufgabe für den Fall, daß man jenseits der Berge nicht besser zu sehen vermochte. Immerhin war da die Möglichkeit, daß sich höher gelegene Luftschichten klarer erwiesen und der Nebel sich nur in eben diesem Tal gelagert hatte. Auf dem Fell seines Tieres bemerkte er unzählige feine Tropfen kondensierender Luftfeuchtigkeit, die sich bald zu allgemein glänzender Nässe vereinten. Dabei war es warm, beinahe schwül, und das Ausbleiben jeglichen Windhauchs bereitete allen Unbehagen. Sie ritten langsam, bis sie die Höhe des Kammes erreichten, ohne bessere Sichtverhältnisse gewonnen zu haben. Mit Hilfe der Karte und des Kompasses orientierten sie sich genau über die Lage des Ortes, an welchem sie sich befanden, da ihre Wege nun auseinandergingen und die Absicht bestand, später hierher zurückzukehren. Dazu aufgefordert, blickte Fortescue auf seine Armbanduhr und verglich ihre Zeitangabe mit jener der anderen. Es war eben ein Viertel nach sechs. In der Folge erhielten die einzelnen Reiter ihre Aufgaben zugesprochen, die, in ihrer Gesamtheit gesehen, auf dem Plane fußten, das vor ihnen talwärts laufende Waldgelände kammgleich zu durchziehen, um auf diese Weise ein möglichst großes Gebiet des gegnerischen Aufmarschraumes erfassen zu können.

Fortescue, der zusammen mit anderen in einem eher lose zu nennenden Halbkreis um den verantwortlichen Offizier verharrte, erwiderte auf dessen Frage, ob ihm irgendwelche Bedenken erschienen, ebenso wie sein ihm zugeteilter Begleiter, nein, er sähe deren keine, wenn nicht, wie er gedehnt und verträumter Stimme hinzufügte, der widerwärtige Nebel es war, der ihn um den Erfolg der Aktion besorgt sein ließ.

Mißgestimmt, da er selbst ähnlichen Gedanken nachhing, erwiderte darauf der Vorgesetzte, dies zu beurteilen möge er, Fortescue, schon besser ihm überlassen, der daran nicht zweifelte, daß in einigen Stunden bereits die Sonne durch den Dunstschleier brechen werde, der sie im Augenblick noch umgab.

Fortescue zog es vor, auf diese Erklärung Stillschweigen und seine Meinung bei sich zu bewahren, woraus es für jeden deutlicher, als wenn er widersprochen hätte, erkennbar wurde, daß er anderer war. Indem er sorgsam die hohen Lederhandschuhe anzog, die er bis dahin in seinem Gürtel getragen hatte, grüßte er nur mit großer Genauigkeit und bat danach um die Erlaubnis, sich auf den Weg machen zu dürfen, was man ihm gewährte. Sein Begleiter, ein älterer, eher langsamer Mensch, dessen Wesen einer gewissen Feierlichkeit nicht entbehrte, benötigte noch einige Minuten, um eine schadhafte Schnalle seines Sattels zu schließen, worauf die beiden ihre Pferde bestiegen, um in vorausbestimmter Richtung, sie entsprach reinem Nordwesten, in den Nebel hinein zu verschwinden. Gleichzeitig damit fast wurde für die Verweilenden auch der Hufschlag ihrer Tiere unhörbar, derart, daß er, ohne an Lautstärke erst allmählich zu verlieren, plötzlich abriß.

Die Reiter fanden zunächst brachliegende Felder vor sich, über die sic mit geringer Mühe hinwegzukommen vermochten. Er selbst, sagte Fortescues Begleiter, an diesen gewandt, wobei er die Stimme anhob, da er die mangelhaften Sichtverhältnisse akustisch ausgleichen zu müssen vermeinte, sei davon überzeugt, daß der Nebel nicht nur in diesem, sondern auch in den benachbarten Tälern lagere und daß er dies im Laufe des Tages nicht weniger, sondern wenn möglich noch intensiver tun würde, womit es von allem Anfang klar war, wie es um die Aussicht stand, irgend etwas von Belang auszukundschaften. Er war ein einfacher Mensch und suchte mit dieser eher unnötigen Äußerung, die ja nur eine Wiederholung von Fortescues Worten war, allein eine Befriedigung des eigenen Unmuts aus der Übereinstimmung ihrer Ansichten zu beziehen. Damit ihm dies um so sicherer gelänge, fügte er noch Abfälliges über die Person des befehlführenden Offiziers hinzu, was Fortescue ihm nachlässig untersagte. Sie hätten, erklärte er dem Unzufriedenen, jedenfalls zu versuchen, ihre Aufgabe trotz des Nebels zu lösen und dabei persönliche Einsichten außer acht zu lassen, Ausdrücke, die er selbst als verächtlich und dem Phrasenvorrat der Armee entlehnt erkannte. Dennoch tat er nichts, um dem nun folgenden Schweigen ein Ende zu setzen, da es ihm angenehm war, nicht sprechen zu müssen.

Sie hatten neuerlich den Wald erreicht und ritten über einen glatten, aus moderndem Laub, Moosen und Zweigen gebildeten

Teppich zu Tal. Mit ihren verfeinerten Empfindungsmöglichkeiten vermochten die Tiere, wenn man sie gänzlich unbeeinflußt ließ, den Weg zwischen Bäumen und Gräben hindurch mit großer Sicherheit selbst zu finden, woraus sich eine wesentlich schnellere Gangart ergab.

Später wandte Fortescue sich halb im Sattel um.

Wir werden, sagte er, in Kürze an eine Schneise geraten, welche die untere Grenze des Waldes markiert. Danach befinden wir uns noch etwa drei Kilometer von den ersten feindlichen Befestigungen entfernt.

Ich verstehe, erwiderte der andere, sein leises Pfeifen unterbrechend. Gleich darauf schlug rechts von ihm in größerer Entfernung, jedoch mit mächtigem Lärm, ein Geschoß ein, das lediglich Verwüstung in einer Reihe von Baumkronen verursachte und ohne Zweifel einen Fehlschuß aus den leiernden Rohren der eigenen Artillerie darstellte. Als Folge der Detonation bäumte Fortescues Pferd sich auf, glitt aus, kam wieder zu stehen und jagte daraufhin in Panik mit fliegenden Flanken den Hang hinab, eben jener Schneise entgegen, von der etwas früher die Rede gewesen war. Fortescue, der alle Aufmerksamkeit darauf verwandte, nicht aus dem Sattel geschleudert zu werden, versuchte, eng an den Rücken des erschrockenen Tieres gepreßt, vergeblich, es zur Aufgabe seiner verrückten Gangart zu bewegen. In den Gelenken knickend, niederstürzend über Steine und Wurzeln, sich wieder aufrichtend und weiterstürmend, beruhigte das Pferd sich erst, als es in der Tat am Boden der Schneise angekommen war. Fortescue stieg ab, und indem er sich den Schweiß von der Stirn wischte, klopfte er gegen den Hals des zitternden Tieres. Danach wartete er eine lange Weile, aufmerksam lauschend, ohne sich zu bewegen. Doch der phantastische Zustand des Waldes schuf eine neue Akustik. Die Geräusche maskierten sich bis zur Unkenntlichkeit, sie vergnügten sich wie Menschen im Karneval. Sie tauschten den Sinn ihrer Bedeutung. Ein dürrer Ast fiel zur Erde, und es klang, als brächen Reiter aus dem Dickicht. Granaten platzten in dem Nebelmeer über den Baumkronen, und der Lärm ihrer Detonation war nur wie jener von Regen, der auf ein Glasdach fällt. Obskure Töne waren zu hören, seltsame Laute, denen keine Bedeutung zu geben war und die eine solche doch bargen. Fortescue lauschte vergeblich. Sein Begleiter blieb verschwunden. Sich der Unsinnigkeit lauten Rufens und sonstiger Mittel, die geeignet waren, Aufmerksamkeit zu erregen, bewußt, bestieg er unentschlossen sein Pferd und ritt ziemlich planlos und in ausholenden Quergängen ein Stück des Abhangs wieder empor, dabei den Schritt zuweilen verhaltend, um von neuem zu lauschen. Es war umsonst. Schließlich mystifizierten ihn die Geräusche seiner unsichtbaren Umgebung bis zu Gehörtäuschungen, in denen er zu vernehmen meinte, was zu vernehmen er wünschte, Hufschlag von Pferden nämlich, Signale und Stimmen, ohne daß tatsächlich etwas Derartiges zu hören war.

Sein Pferd strauchelte über Wurzelbögen, die, mikroskopischen Triumphpforten ähnlich, sich über dem modernden Waldboden erhoben, es hatte Mühe, nicht zu stürzen.

Enttäuscht und wütend und zugleich von einer freudlosen Genugtuung erfüllt, beschloß der Reitende, nach Erwägung der Möglichkeiten, die ihm verblieben, noch einmal an seinen Ausgangsort zurückzukehren, in der Hoffnung, dort den verschwundenen Gefährten wiederzufinden. Es war, so dachte er, wahrscheinlich, daß auch diesen, nach ähnlich erfolglosem Umherreiten, der gleiche Gedanke ereilte. Zusammengetroffen, lag es sodann an ihnen, einen neuen Plan zu fassen. Seine Bewegungsrichtung in diesem Sinne korrigierend, verdrossen und voll Eile, ritt Fortescue weiter die bewaldeten Hänge empor, ihre Höhe zu erreichen. Anfänglich seiner Fähigkeit, zu dieser zurückzukehren, völlig sicher, kamen ihm schon nach kurzer Zeit Bedenken über die Richtigkeit des eingeschlagenen Pfades. Änderungen im Aussehen der Gegend, soweit er sie feststellen konnte, beunruhigten ihn zunächst. Der Wald, der ihm bei seinem Talritt verwachsen und tief erschienen war, machte nun den Eindruck einer mäßig abgeholzten Lichtung, die sich, ähnlich einer Ellipse, dehnte, ohne daß Anzeichen für ihr Auslaufen in dichteren Forst zu erkennen waren. Deutlich blieb festzustellen, daß man sich über Wiesenboden bewegte, und aus dem fast geraden Weg, den sein Tier einschlug, folgerte Fortescue beunruhigt auf eine geringe Zahl zu umgehender Hindernisse, wie etwa Bäume sie bildeten. Er hoffte noch immer, dem Ende der Lichtung mit jeder Minute näher zu kommen, als eine unerwartete topographische Änderung seinen Argwohn, in die Irre geritten zu sein, zur Gewißheit werden ließ. Der Weg nämlich, der zuletzt nur noch mäßig angestiegen war, fiel mit einer Heftigkeit, die selbst das Tier erschrecken ließ, in eben der Weise ab, in der er hätte ansteigen müssen für den Fall, daß er der richtige gewesen wäre. Nach einigen Schritten schon gab es keinen Zweifel mehr. Fortescue hielt an, und, mechanisch in die Brusttasche seines Anzugs greifend, suchte er den Kompaß zu fassen, den er in ihr zu verwahren pflegte. Anläßlich dieser Unternehmung erwies es sich, daß ihm das Instrument, zweifelsohne im Verlauf des stürmischen Talritts, abhanden gekommen war.

Einigermaßen ratlos geworden, schien es Fortescue nun von allen unbefriedigenden, ihm verbleibenden Möglichkeiten die beste zu sein, ein Schwinden des Nebels in Geduld zu erwarten und dabei eher an Ort und Stelle zu verharren, als weiterhin in völlig rätselhaftem Gelände umherzuirren, gewärtig, mit jedem Augenblick irgendwelchen Formationen des Gegners nahezukommen. Er verhielt das Tier inmitten einer Gruppe flüsternder Bäume und entzündete, nach zahlreichen vergeblichen Versuchen dennoch über Wind und Nässe obsiegend, eine Zigarette, die er langsam und ohne völliges Vergnügen – er vermochte ihrem Rauch nicht nachzuschauen – zwischen den Lippen verglimmen ließ. Das Pferd zerbiß mit Hingabe den Rindenbelag mehrerer Stämme. An dem Rest der ersten entbrannte Fortescue eine zweite Zigarette, warf diese halbgeraucht fort und begann kleine Runden zu reiten. Eine Stunde verging. Der Nebel bestand.

Eben im Begriff, aus dem Sattel zu steigen, vernahm der Mißmutige nicht zu verkennenden Hufschlag. Diesmal war keine Täuschung möglich, auch das Tier horchte auf. Fortescue tastete nach der Schulter. Gleich darauf schwamm die Silhouette des fremden Reiters durch den Dunst, kam näher und wurde deutlicher. Es war ein großer, hagerer Mensch, der, nachlässig sitzend, sichtlich dem Pferde die Zügel und seinen Körper dem Rhythmus von dessen langsamer Gangart überließ. Seine Bekleidung war jener Fortescues ähnlich. Auch über seiner Schulter hing ein Gewehr ...

Fortescue entsicherte die Waffe, die er zwischen Oberarm und der rechten Seite seines Brustkorbs eingeklemmt hielt. Dabei handelte er weniger nach Überlegungen als vielmehr einer Gewohnheit und Erziehung folgend, die diese Handgriffe instinktiv geschehen ließ. Der Fremde ritt geradewegs auf das kleine Gehölz zu. Jedem Soldaten sind jene Worte aus der Sprache des Gegners geläufig, die sich, der Häufigkeit ihrer Verwendung wie ihrer lebenserhaltenden Wichtigkeit wegen, dem Gedächtnis einprägen. Die Worte Brot und Kamerad gehören zu ihnen, ferner die Bezeichnungen für gut und böse, wie schließlich die Redewendungen anläßlich persönlicher Kapitulation und jene der Aufforderung zu dieser.

Der Reiter hatte Fortescue beinahe erreicht, als er durch dessen Überfall aus seiner Versunkenheit gerissen wurde.

Während die erregten Pferde, dicht aneinandergedrängt, unruhig tänzelten, sprach Fortescue, lauter als dies nötig gewesen wäre, in mühsamen Worten seine Forderungen aus, die sich in Maßnahmen zur eigenen Sicherheit wie dem Bemühen erschöpften, eine Flucht des Gefangenen unmöglich zu machen. Waffen, die eine Untersuchung, während welcher der Fremde die Arme halbwegs über dem Kopf gehoben hielt, zutage förderte, warf Fortescue fort, hinein in das unterschiedslose Grau des Nebels, der über den flüsternden Bäumen zusammenschlug.

Der andere ließ den Vorgang dieser eher stürmisch zu nennenden Leibesvisitation ironisch gleichmütig über sich ergehen. Es war, als habe ihn Fortescues Erscheinen durchaus nicht überrascht oder erschreckt, als sei ihm der Umstand seiner Gefangensetzung keineswegs Grund, sich über ihn zu bekümmern. Auf Fortescues dauernde Reden, die dieser unbeschadet der Wahrscheinlichkeit, daß jener sie doch kaum verstand, führte, erwiderte er endlich in dessen eigener Sprache, ein wenig fremd in der Betonung zwar, fließend jedoch und mit verblüffender Geläufigkeit. Du machst dir, sagte er, sich dabei jener Form der Anrede bedienend, die im Kriege zwischen Angehörigen beider Geschlechter, aller Nationen und extremster Kasten die übliche ist, zuviel Mühe. Ich habe nicht die Absicht zu fliehen.

Fortescue ließ die Hände, mit denen er sich an des Fremden Taschen zu schaffen gemacht hatte, sinken, starrte diesen an und stammelte: Du bist ... du sprichst ... du sprichst meine Sprache ...

Über das dunkle, große Gesicht des anderen, der mit noch immer erhobenen Händen im Sattel saß, glitt ein Lächeln.

Glücklicherweise, sagte er. Wir werden uns so bei weitem besser unterhalten können.

Er werde, entgegnete der verstörte Fortescue, dem das Gehaben des Gefangenen irregulär erschien, von dieser Begünstigung sogleich Gebrauch machen, und er setzte seine Erklärung in die Tat um, indem er ohne Übergang eine Reihe militärischer Informationen begehrte, die dieser höflich verweigerte.

Nun gut, sagte Fortescue, der ähnliches erwartet hatte, wie kommst du hierher?

Der Angehörige der feindlichen Nation nahm ohne weitere Erlaubnis dazu die Hände herab, stützte sie im Sattel auf und wiederholte die an ihn gerichtete Erkundigung in einer Weise, die sie zu einer neuen, diesmal Fortescue geltenden wandelte.

*Ich* stelle Fragen, erklärte jener unfreundlich.

Die meinen sind zugleich Antworten, sagte der Gleichmütige. Wie kamen wir hierher? Durch beharrliches Reiten im Nebel, auf falschen Wegen, ohne zu wissen wohin. Ich, sagte er, das Wort mit leisester Betonung versehend, verirrte mich bereits vor etwa drei Stunden. Dein Auftauchen kam mir nicht weiter sensationell. Ich erwartete dergleichen schon viel früher ...

Soll das heißen, daß Sie den Weg verloren haben? fragte Fortescue, vor dem ihm seltsam reich erscheinenden Wortschatz des Fremden in einer Welt, die sich mit Monosyllaben, Gotteslästerungen und einem primitiven ABC des Lebens und des Todes begnügte, ungewollt in die Anrede bürgerlicher Umgangsform verfallend, soll das heißen, daß Sie nicht wissen, wo Sie sich befinden?

Eben dies, erwiderte der andere mit einer leichten Verneigung, die Fortescues Folgerung bestätigte, hatte ich die Absicht anzudeuten. Das ist auch die Ursache dafür, fuhr er fort, daß ich nicht umhin kann, meiner Gefangennahme eine ungewöhnlich komische Seite abzugewinnen.

Was meinen Sie?

Nun: Ihr Erscheinen – auch der andere verfiel wieder in den Gebrauch der dritten Pluralform, man vergaß in der Tat beinahe, der traurigen Gründe zu gedenken, die den Anlaß zu diesem den Fremden so erheiternden Zusammentreffen gegeben hatten –, Ihr Erscheinen kam mir durchaus erwartet. Fast beunruhigte es mich schon, nicht früher auf Sie gestoßen zu sein. Natürlich nicht auf Sie persönlich, aber doch auf Sie in irgendeinem Vertreter Ihrer Armee.

Ich verstehe nicht, behauptete Fortescue, der dabei insofern eine Unwahrheit aussprach, als er zu verstehen oder wenigstens zu mutmaßen begann, was der andere meinte.

Die Duplizität unserer Erlebnisse, fuhr dieser beschaulich fort, liegt unter anderem, woran ich nicht zweifle, darin, daß wir uns beide nicht zu unserem Vergnügen hier befinden dürften, daß wir vielmehr ursprünglich mit einer ganz bestimmten Mission unsere respektiven Ausgangsorte verließen, wobei es mir nicht ausgeschlossen erscheint, daß dies bei Ihnen, wie bei mir, im Zuge einer größeren Unternehmung sowie in einiger Begleitung geschah. Die Unbilden der Witterung nun – Fortescue sah ihn scharf an.

Wollen Sie sagen, daß Sie ursprünglich zusammen mit anderen ritten?

Der Fremde seufzte. Durchaus, sagte er.

Und Sie haben diese aus den Augen verloren? fragte Fortescue.

Ganz und gar, erwiderte jener mit gedämpfter Fröhlichkeit. Dasselbe scheint mir bei Ihnen geschehen zu sein, und wir befinden uns, wenn man von dem Ihrer Seite den Ausschlag gebenden Waffenbesitz absieht, eigentlich in der gleichen Lage. Deshalb war es mir, wie Sie nun vielleicht verstehen, unmöglich, meiner Gefangennahme tragische, ja auch nur seriöse Seiten abzugewinnen.

Ich werde verhindern –

Ach nein, sagte der Fortescues Sprache so vortrefflich Gebrauchende. Dies zu behaupten würde ich Überheblichkeit heißen. Sehen Sie doch: infolge des Nebels haben Sie wie ich unsere Freunde verloren. Wie kam es eigentlich in Ihrem Fall dazu? Sonderbarerweise sagte Fortescue es ihm.

Sehr gut, fuhr der andere fort. Eine Granate. Es dürften noch mehrere abgefeuert werden im Laufe dieses prächtigen Tages. Wenn man den desolaten Zustand Ihrer einstmals hervorragenden Artillerie in Betracht zieht, so scheint es, wie Sie mir zugeben werden, überaus wahrscheinlich, daß wir noch einmal durch ähnlich unbeabsichtigten Lärm unsere Fassung verlieren. Mein Tier kann mit mir durchgehen, das Ihre kann es mit Ihnen tun, es ist möglich, daß Sie, bewaffnet, nach einigem Umherirren über dieses Niemandsland hinweg mich zu Ihren Stellungen eskortieren, es kann jedoch ebensowohl sein, daß ich, unbewaffnet, Sie als meinen Gefangenen zu meinen Linien heimbringe, wie es der Fall sein kann, daß wir von einer der beiden Gruppen unserer Gefährten aufgefunden werden oder von allen beiden, womit ich die Zahl der Möglichkeiten noch lange nicht erschöpft habe.

Er lächelte ein wenig.

Fortescue sah ihn mit einem Ausdruck von Verwirrtheit an und sagte: Was mich dies alles nur zu träumen glauben läßt, ist weniger die Situation an sich als Ihre Art, über sie zu reden.

Wie darf ich das verstehen? erkundigte sich der andere.

Sie sprechen, erklärte Fortescue leise empört, zugleich jedoch schon selber infiziert, in – ich möchte fast sagen ungehöriger Weise, als handelte es sich um nichts als eine Fuchsjagd, der beizuwohnen Ihnen eine gesellschaftliche Verpflichtung und ein nicht unerhebliches Vergnügen bereitet.

Sie tun mir unrecht, erklärte der Gefangene, wenn Sie an meiner Redeweise, die, wie ich zugebe, das Höhlenmenschenniveau, auf das wir gedrückt wurden und das zu leben uns eine stumpfe Gewohnheit bedeutet, übersteigt, wenn Sie an dieser meiner Redeweise Kritik üben. Denn, wenn Sie gestatten, daß ich meine Meinung darlege, ich vermag nicht einzusehen, warum ich auf den bescheidenen Luxus der grammatikalischen, zotenfreie Rede Verzicht leisten sollte, da ich schon gezwungen werde, alle Überzeugungen und anständigen Regungen meiner Seele schweigen zu heißen einer Sache wegen, deren ungeheuerliche Barbarei nur noch von ihrer verbrecherischen Dummheit überstiegen wird. Ich meine den Krieg. Zudem vergessen Sie, bitte, nicht, daß es eine fremde Sprache ist, deren ich mich bediene. Er hob die eine Hand leicht, wie um in die Tasche zu greifen, und bat, als er Fortescue zusammenzucken sah, um die Erlaubnis, ihr sein Zigarettenetui entnehmen zu dürfen.

Bitte, sagte Fortescue. Einer ritterlichen, gleichermaßen beeindruckten wie beeindruckenden Regung folgend, die sonderbar unlogisch war wie eigentlich alle Ereignisse dieses Tages, an dessen Wirklichkeit man in der Tat Zweifel zu hegen beginnen konnte, warf er sein Gewehr, nachdem er es wieder gesichert hatte, über die Schulter. Der andere bemerkte es sehr wohl.

Ich werde, versprach er mit einer leichten Neigung des Kopfes, mich Ihres Vertrauens würdig erweisen, seien Sie unbesorgt.

Der Charme dieser Gebärde bezwang Fortescue vollends. Er führte sein Pferd so, daß es Seite an Seite zu dem des Gefangenen zu stehen kam, und zeigte durch seine nächsten Worte, daß er der Position, die er zu wahren hatte, nicht gewachsen war. Sich jener dogmatischen Initiative begebend, zu der die Umstände ihn verpflichtet hätten, fragte er, fast kläglich, sicherlich aber ratlos: Und nun?

Der diesen Vorfall Berichtende hält sich für verpflichtet, an dieser Stelle zu betonen, daß die Geistesverfassung Fortescues an jenem Morgen eine außerordentliche und keinesfalls seine eigene war. Sie wäre, hätte man sie in ihren Äußerungen denen, die ihn kannten, zu Ohren gebracht, von diesen bezweifelt und als unwahr abgelehnt worden.

Der Fremde, an den die Worte gerichtet waren und der auch weiterhin um die Bewahrung eines Stiles der Menschlichkeit besorgt erschien, antwortete ruhig: Lassen Sie uns reiten.

Wohin? fragte Fortescue.

Wohin sind wir bisher geritten? erwiderte jener, die Zügel aufnehmend, die er bei seiner Gefangennahme hatte sinken lassen. In den Nebel hinein. Sie legen sich die Frage nach dem Ziel unseres Umherirrens erst jetzt vor? Ich habe es schon vor langer Zeit getan, und die Antwort, die ich fand, ist sich gleich geblieben. Wohin? In den Nebel hinein. Ich weiß es nicht. Nach diesen Worten schwieg er, und ihre Tiere schritten durch den schemenhaften Wald, wie es ihnen gefiel: über Gräbern und Hügel hinweg, am Rande von Wiesen dahin und von neuem durch Wald, steigende und fallende Wege, hinein in eine unsichtbare Welt. Schließlich schlug der Fremde vor, anzuhalten, da er, wie er sagte, Hunger empfand und gleiches von Fortescue annahm.

Gut, meinte dieser, warum nicht? Was bleibt zu tun, wenn der Nebel nicht schwand? Nichts. Wer konnte sagen, wo man sich befand? Niemand.

Warum nicht? meinte Fortescue.

Sie banden die Tiere fest und breiteten eine Decke über die Erde. Der Fremde entnahm einer Tasche des Sattels Brot, Käse und Wein. Sodann lud er Fortescue ein, sein Gast zu sein.

Ich bitte Sie darum, sagte er, wenn Ihr Glück es will, werde ich mich ohnedies gezwungen sehen, weitaus länger der Ihre zu verbleiben.

Diese Vorstellung, erwiderte Fortescue, sollte Sie aber, im Hinblick auf unsere Ernährungslage, mit Ihren Vorräten eher geizen lassen.

Der andere lachte, während er das Brot brach.

Die Bauern meiner Heimat schlagen ein Kreuz darüber, wenn sie ein neues beginnen.

Dasselbe ist es bei uns, erwiderte Fortescue. Die Sitte scheint älter zu sein als dieser Krieg.

So alt wie das Zeichen, sagte der Fremde, und somit älter als viele andere auch, wennschon jünger als der erste aller Kriege. Was war vor diesem? fragte Fortescue achtlos, sich mit Käse bedienend.

Oh, mancherlei. Und besseres. Beispielsweise das Brot. Und, sagte der andere, die Becher füllend, der Wein.

Meinen Sie?

Gewiß. Sie erst gaben den Anlaß zu ihm. Wer führte jemals Kriege ohne sie?

Im Augenblick, fürchte ich, mein eigenes Land, sagte Fortescue.

Verzeihen Sie, bat der Fremde, ich drückte mich unrichtig aus. Ich wollte sagen: man beginnt Kriege mit ihnen und man führt sie um diese.

So ähnlich dürfte es sein. Fortescue sah die Hände seines Gastgebers an und erkundigte sich, damit das Thema wechselnd, nach seinem Beruf.

Ich spiele die Geige, sagte dieser. Nein – ich spielte sie. Wieweit ich dies heute noch vermag, wüßte ich selbst nur zu gern. Meine Finger haben sich verändert: sie unterliegen Krampfzuständen, wenn ich sie um den Bogen lege.

Er füllte von neuem die Becher.

Trinken wir auf die Vollkommenheit Ihrer Begabung, schlug Fortescue vor.

Eher, sagte der andere, auf ihre Restauration.

Die Zeit ging hin, ungefaßt und verhältnislos in dem Dämmerzustand dieses Tages, der erst einer neuen Nacht weichen zu wollen schien. Eingehüllt in seinen Nebel und aus seiner geringen Wirklichkeit herausgehoben, saßen zwei Männer unter den sich entblätternden Bäumen eines Waldes, der ihnen so fremd war wie sie selbst einander. Sie hatten ihre Mahlzeit beendet. Sie rauchten.

Plötzlich richtete Fortescue sich auf.

Was gibt es, fragte der Geigenspieler.

Ich höre Stimmen.

Auch ich, erwiderte jener, langsam eine Säule bläulichen Rauches in den Nebel blasend. Sie sehen erregenden Minuten entgegen. Für meine Person vermag ich dergleichen nicht zu behaupten. Es können Ihre und meine Leute sein, die da nahen. Im ersten Falle erlebe ich sozusagen die Ratifikation meiner Gefangennahme. Dabei würde es sich vorteilhaft ausnehmen, wenn wir die Zeichen unserer gemeinsamen Mahlzeit zur Seite räumten und Sie ihr Gewehr neuerlich auf mich richteten. Dazu müßten Sie dann allerdings, ebenso wie ich, die Zigarette aus dem Mund nehmen, das heißt also, wir täten vielleicht beide besser daran, sie fortzuwerfen, wenn Sie nicht darauf aus sind, komische Effekte zu erzielen, wie sie durch Vervielfachung simpler Handlungen hervorzubringen sind.

Schweigen Sie, zischte Fortescue.

Warum? Sind es wirklich Ihre Leute, so erweise ich Ihnen doch geradezu einen Dienst... andernfalls natürlich – erweise ich ihn mir.

Die Stimmen waren sehr nahe gekommen. Einzelne Zweige knackten, und das Keuchen der Tiere war zu hören. Fortescue lag der Länge nach auf den Boden gestreckt und zwang den anderen, es ihm gleichzutun. Wie Sie wünschen, erklärte dieser, nun allerdings herabgeminderten Tonfalls, und lagerte sich neben ihn. Es ist naß hier, bemerkte er.

Die unsichtbaren Reiter zogen etwa fünfzig Schritt vor ihnen vorüber. Sie sprachen und lachten. Es waren ihrer etwa ein Dutzend, einige gab der Nebel nicht frei. Der Wald geriet in Bewegung. Bäume rauschten auf, Wasser stäubte von ihnen, der Boden vibrierte. Fortescue und sein Gefangener lagen schweigend. Die ersten Reiter verschwanden bereits wieder im Dunst. Ihre Stimmen klangen unnatürlich verzerrt, als kämen sie aus einem Brunnenschacht. Eine Minute verstrich. Eine zweite. Die letzten Reiter zogen vorüber. Schließlich klang nur noch ihr Lachen nach. Dann verstummte auch dieses. Es waren allein die Tropfen zu hören. Der Fremde stand auf und hob die Arme, sich dehnend, gegen den Himmel.

Sie haben, sagte er, fröstelnd, Ihre Freunde vorbeiziehen lassen, ohne ihre Aufmerksamkeit auf uns zu lenken – erlauben Sie, daß ich diese Rücksichtnahme übertrieben, wennschon dankbar empfinde. Sie sind –

Fortescue fuhr auf.

Was sagten Sie? Meine Freunde?

Nun ja: der Sprache nach zu urteilen, glaube ich ein Recht auf diese Bezeichnung zu haben.

Fortescue erhob sich gleichfalls, und indem er auf den Erstaunten zutrat, fragte er ungemein langsam: Wollen Sie behaupten, daß diese Menschen *meine* Sprache redeten?

Sie setzen mich in Erstaunen. Allerdings will ich das, mein Herr.

Unbegreiflich, völlig unbegreiflich, murmelte Fortescue und strich mit der Hand über die Augen. Er schien bewegt.

Was verwundert Sie? fragte der Gefangene.

Meinen Wahrnehmungen zufolge, antwortete Fortescue, gebrauchten die Männer *Ihre* Sprache, und es wäre mir sonach natürlich vorgekommen, wenn Sie versucht hätten, sich bemerkbar zu machen.

Seltsam in der Tat, sagte der Fremde nach einer Pause. Selbstverständlich, meinte er, ist Ihren Beobachtungen ebensoviel Gewicht beizugeben wie den meinen, und keiner von uns hat Grund anzunehmen, daß der andere lügt.

Aber wie, rief Fortescue, ist es dann möglich zu erkennen, was hier wirklich geschah?

Der Geigenspieler schüttelte den Kopf.

Ich halte nichts, sagte er, von der Bewertung des tatsächlich sich Ereignenden. Die Schlüsse, die es zuläßt, sind vulgär. Vielleicht wurden wir beide zu Opfern einer Sinnestäuschung unserer erregten Nervenzentren. Ich wünsche es nicht zu erfahren. Ich bin dem

Zufall verbunden. Seine Möglichkeiten sind mir wertvoller als das Wissen um sein Zustandekommen. Rauchen Sie eine Zigarette?

Fortescue sah ihn lange an.

Nein, antwortete er dann heftig, ich danke. In der gleichen auffahrenden Redeweise fügte er hinzu: Es ist unmöglich. Man muß etwas tun.

Warum? fragte der andere erstaunt, mit einem Streichholz beschäftigt.

Fortescue sprach rasch: Der Nebel wird nicht lichter. Es geht nicht an, daß wir uns seiner Willkür ergeben. Wir müssen versuchen, den Rückweg zu finden.

Verzeihung, sagte eine sanfte Stimme. Sie müssen es versuchen.

Ja, und ich werde mich Ihrer indirekten Unterstützung versichern, antwortete Fortescue, einer Eingebung folgend, geben Sie mir, bitte, Ihren Kompaß.

Der andere lächelte.

Ich bedaure, behauptete er, doch das vermag ich nicht. Einer Überlegung folgend, die sich in diesem Augenblick als richtig erweist, warf ich ihn fort, als Sie mich gefangennahmen.

Fortescue hob eine Hand. Sie lügen! schrie er wild, und seine ganze Ohnmacht lag in diesem Schrei.

Der andere lächelte nicht länger.

Darauf, sagte er verletzt, will ich nicht antworten. Er wandte sich ab und schritt zu den Pferden hinüber. Fortescue sah ihm nach.

Nein ... sagte er ... nicht ... er sprach einen halben Fluch, trat mit dem Fuß nach einem Stein, ging dem Gefangenen nach und entschuldigte sich.

Es ist gut, sagte dieser. Ich begreife Sie. Wir müssen sehen, wie wir weiterkommen.

Er hatte die Tiere losgebunden und verwahrte die Gegenstände ihrer Mahlzeit. Wenn Sie es wünschen, schlug er vor, können wir uns trennen.

Nein.

Dann reiten wir weiter.

Gut, erwiderte Fortescue, reiten wir immerhin.

Die Zeit zum Inhalt einer Erzählung machen zu wollen, wäre völlig unsinnig. Sie läßt sich ebensowenig fassen wie erklären wie berichten. Sie ist das aus keiner Erfahrung vorauszubestimmende Erlebnis, alle unsere Bewußtseinsinhalte im Nacheinander geordnet zu finden. Sehen wir selbst von allen subjektiven Bedingungen des Zeitbewußtseins ab, was allein theoretisch wir uns unterfangen dürfen, um eine sozusagen mathematische Zeit zu erhalten, die nur das Merkmal der Stetigkeit aufweist und mithin geeignet für alle Formen einer physikalischen Zeitrechnung erscheinen sollte, so ergibt sich, daß auch diese wieder stets relativ sein wird. Der Bericht über die Vorfälle während einer einzigen Minute könnte, einen gewissenhaften Interpreten vorausbedingt, ein Vielfaches jener Zeitspanne beanspruchen und dennoch, oder vielleicht auch eben deshalb, einen gänzlich unzureichenden und veränderten Eindruck entstehen lassen.

In den letzten Sekundenbruchteilen vor dem Erwachen, die, medizinischen Erkenntnissen nach, unsere «Traumzeit» sind, kommt es zu Szenenfolgen und Entwicklungen, die Zeiträume von Jahren oder Jahrzehnten umfassen und gewissenhaft auszufüllen vermögen, Träumen also, deren anscheinendes Ausmaß ihr tatsächliches gewaltig übersteigt und in welchen Geschehen in unerhörter Weise sich drängt, ohne daß uns dies irgendwie zu Bewußtsein käme.

Mithin ist es unmöglich, über gleichen Zeitintervallen zu gleichen Gefühlswerten zu kommen und etwa zu versuchen, diese durch Messung jener zu werten, oder umgekehrt. Es verbleibt, die Zeit als das Gerüst der Erzählung zu verwenden, als einen Rahmen, der sich nach unseren Bedürfnissen weiten und einengen läßt, was einer detaillierteren oder großzügigeren Schilderung des Geschehens gleichkommt und wobei wir die Berechtigung zu solcher Veränderung allein aus dem persönlichen Verantwortungssinn beziehen, der dies zur Erzielung eines bezweckten Effektes gutheißt. Wir vermögen so, aus eigener, moralisch gebundener Machtvollkommenheit, Fortescues neuerlichen Ritt in das Ungewisse hinein trotz der Tatsache, daß er ihn – zu Recht oder Unrecht, muß unseren Ausführungen nach dahingestellt bleiben – länger empfand als den Gesamtablauf aller bisherigen Ereignisse des Tages, mit nur wenigen Worten zu berühren, ja, glatt zu übergehen, indem wir lediglich vermerken, was über seine Empfindungen bei diesem in den letzten Zeilen vorzufinden ist, daß er nämlich an der Seite seines schweigsamen Gefährten nachgerade die Überzeugung gewann, an das Ende der Welt getragen zu werden. Der neben ihm ritt, mutmaßte wiederum, von seiner Vorstellung über die Kürze des Weges, oder, besser gesagt, dem geringen Fortschritt, den sie machten, auf die Kürze der Zeit, da er resigniert zu fürchten begann, daß sie sich im Kreise bewegten, ein Argwohn, den er zuletzt in Worte kleidete. Zu annähernd dem gleichen Zeitpunkt ergab es sich jedoch, daß das Terrain in endgültiger und entschiedener Weise abfiel und die beiden Reiter unerwartet zu einer Landstraße hinabführte, die, selbst völlig eben, am Fuße der Hügel verlief.

Durch ihr bloßes Vorhandensein regenerierte sich Fortescues gesamte Zuversicht.

Eine Straße, sagte er guten Mutes. Damit hat unser Umherirren ein Ende. Eine Straße weist uns zwar noch nicht das Ziel, immerhin aber schon eine Richtung.

Ihre Tragik, bemerkte sein Gefangener, liegt in dem Umstand, daß sie nicht eine, sondern zwei zu weisen gezwungen ist, und zwar die entgegengesetztesten.

Welche aber, fragte Fortescue, dem diese Überlegung offensichtlich Eindruck machte, ist die richtige?

Vermutlich sind es beide, antwortete der Geigenspieler. Eine für jeden von uns.

Wir können uns nicht trennen.

Warum nicht? Sehen Sie doch: die Chancen sind gleich, nach wie vor. Bleiben wir zusammen und reiten wir hierhin – er winkte mit der Hand nach rechts –, so wird sich dies schließlich für einen von uns als richtig ergeben und für den anderen als falsch. Reiten wir aber hierhin – er bewegte die andere Hand und ließ die Folgerungen unausgesprochen. Trennen wir uns also, und versuchen wir unser Glück.

Fortescue schüttelte den Kopf. Sie sind mein Gefangener.

O gewiß, sagte der andere, die Achseln zuckend. O gewiß.

Die Tiere bewegten sich unruhig. Fortescue zog ein Geldstück aus der Tasche, warf es hoch und stieg vom Pferd.

Liegt der Adler oben, so reiten wir nach links, andernfalls – er bückte sich und hob die Münze auf.

Nun? fragte der Gefangene.

Fortescue schwang sich von neuem in den Sattel.

Nach rechts, sagte er, reiten wir. Vorwärts.

Die Straße war breit. Quer zu ihr, von den Hügeln kommend, trieb kühler Wind den Nebel zu Schwaden in die Felder hinein. Auf jener Seite wurde sie von einer Reihe kahler, verkrüppelter Bäume begleitet, deren schwarzes, wirres Geäst eben noch sichtbar war. Der Bodenbelag schien aus Kieseln oder Schottersteinen zu bestehen. Auffällig an ihm war neben dem regelmäßig horizontalen Verlauf die völlige Geradlinigkeit, die in betontem Gegensatz zu den Serpentinen- und Mäanderwegen der vergangenen Stunden stand und die das ihr von Fortescue zugesprochene Zuversicht schaffende Element der Richtung unterstrich.

Allmählich wurde der Wind stärker und schließlich so stark, daß er den Nebel gleich weißen Wehen eines Schneesturms über die Straße fegte und die Reiter ihrem Rande zudrängte.

Während Fortescue sich frierend einen kapuzenähnlichen Umhang seiner Kleidung über den Kopf schlug, wuchsen ihm Bedenken hinsichtlich der Höhenlage, in welcher sie sich befanden. Da er mit einer eher geringen rechnete, erstaunten ihn Landschaft und Wetter: der Sturm, denn so konnte man den über die Felder hinkeuchenden Wind nun schon nennen, und die sonderbaren, föhrenartigen Gewächse am Rande der Straße ließen ihm den Gedanken kommen, sich auf einem Hochplateau zu befinden.

Zwischen den einzelnen, unkoordinierten Böen gab es plötzlich Flauten, die ein Gefühl der Ertaubens brachten. In einer dieser Atempausen des Sturms vernahm Fortescue zum erstenmal ein seltsames Getön, das er zunächst für eine Sinnestäuschung hielt. Als es jedoch wieder und lauter zu seinen Ohren drang, sprach er darüber, und es erwies sich, daß auch der andere es vernommen hatte.

Es klang, sagte dieser, wie das Geschrei verschiedener Sirenen, während Fortescue der Ansicht war, die Geräusche hätten eher Ähnlichkeit mit denen aufgewiesen, die gewisse Brisanzgranaten im Fluge verursachten.

Ohne Zweifel, meinte er, rührten sie aus eben jener Gegend her, der sie entgegenritten. Sein Gefangener gab ihm recht.

In der Tat war das Phänomen mit jeder neuen Windstille deutlicher wahrnehmbar wie gleichzeitig schwerer zu definieren. Es ähnelte nun einem melodischen starken Sausen und Orgeln, in dessen Ablauf jedoch eine Fülle anderer Töne zirpender, paukenschlagender und singender Natur verwoben waren, wozu sich noch ein seltsames Rauschen fand, ähnlich jenem, das aus Muscheln tönt.

In manchen Augenblicken vermeinte man den langgezogenen Klageruf einer Lokomotive zu vernehmen, dann wieder zitterte eine Reihe hoher und dünner Einzeltöne durch die Luft, um überzugehen in eine schwermütig brausende Kadenz, die nicht zu Ende kam. Das Ganze schien trotz aller Intensität gedämpft, in einiger Entfernung erstanden und von großer Schönheit.

Auch die Tiere hatten etwas vernommen, und als die Straße plötzlich einen Bogen zu beschreiben begann und der fremdartige Klang deshalb nicht länger aus der Gegend zu hören war, in die sie nun führte, sondern vielmehr aus den verborgenen Feldern heraus, da zeigte sich, wie sehr sie von ihm beeindruckt waren. Ohne sich zu bedenken, verließen sie die Straße und schritten in die brache Ebene hinein, die zur Linken lag. Einem wortlosen Einverständnis zufolge wehrte es ihnen keiner der Reitenden. In dem wieder ansteigenden Brachland wurde das Getön schon nach kurzem dermaßen eindringlich und allgemein, daß es von allen Seiten zu kommen schien. Sie hielten an, stiegen zu Boden und führten die Tiere an den Zügeln aufs Geratewohl in den klingenden Nebel hinein, den der Sturm zerblies. Fortescues Gefangener ging etwas vor diesem, und so war er der erste, die Vorrichtung zu sehen, die von einem der wenigen Bäume herabhing und die Geburtsstätte der Töne war. An einem seiner starken waagerechten Äste war eine Anzahl unterschiedlicher Metalldrähte geknüpft, die fast bis zur Erde reichten. Ein weiterer Ast, der frei an ihrem Ende hing, schloß das Ganze zu einer Art Gitter aus parallel vertikalen Linien zusammen, das, im Winde schwingend, in jenen seltsamen Tönen Leben gewann.

Was ist das? fragte Fortescue.

Der andere fuhr mit der Hand über die singenden Saiten. Dies, sagte er, ist, was man eine Äolsharfe nennt, ich fand sie bisher nur am Meer.

Wer mag sie gebaut haben?

Ich weiß es nicht, sagte der Gefangene. Ihre Melodie ist schön.

Ja, sagte Fortescue. Und sie lauschten ihr.

Dem Vorrücken der Stunden gemäß war das Licht gelblicher und trüber geworden, Beginn und Ende des Tages sollten, wie es schien, in den gleichen leidenschaftslosen Nebel gehüllt verbleiben, der als Sieger über alle Versuche des Windes und einer machtlosen Sonne ihn bezwungen hatte.

Weithin, in unabsehbar breitem Strom, wälzten sich seine riesigen emporgetürmten Gebilde, von den Bergen kommend, in die Ebene hinab, die lautlos unterging in Formlosigkeit und Zwielicht. Die kahlen Bäume neigten sich in Ergebenheit vor ihm, der, wie ein Alptraum auf der Brust des Schläfers, in ihren dunklen Zweigen saß. Naß und kalt jagte der Wind um sie her, hier ein Blatt, dort einen Grashalm mit sich reißend.

Fortescue fror.

Wir täten gut, uns ein Quartier zu suchen, sagte sein Begleiter. Es wird Abend.

Sie gingen durch das lange, wehende Gras weiter hügelan, der Richtung ungewiß, ermüdet. Ihre Schritte schleiften, ihre Augen tränten unter der Reizwirkung des Windes. Unerwartet und jäh tauchten die Umrisse einer aus Holz errichteten Behausung aus dem Nebel, erschreckend und unglaubhaft. Sie klopften an die Fenster. Aber niemand antwortete. Sie riefen. Aber alles blieb still. Fortescue hob, bereit, sie zu zerschlagen, den Kolben des Gewehres gegen die Tür, als der Geigenspieler ihn daran hinderte.

Warum? fragte er. Vielleicht ist sie unversperrt. Und er bewegte die Klinke. Die Tür ging auf. Er trat in das Innere des Hauses.

Ich versorge die Tiere, sagte Fortescue. Er ging zurück in den leichten Regen, der mittlerweile eingesetzt hatte, und führte die Pferde in einen an das Haus gebauten Verschlag, der sich als Stall erwies. Es war trocken, warm und dunkel in ihm, und Fortescue entzündete eine kleine elektrische Lampe. Über dem gestampften Lehmboden lag reines Heu, und die Futterkrippen waren noch gefüllt. In die Stille des Raums drang das Geräusch der trommelnden Tropfen.

Als Fortescue zurückkehrte, hatte sein Begleiter einige Kerzen entbrannt.

Dieses Haus, sagte er, ist verlassen und ohne Schaden geblieben. Er wies mit einer abgerundeten Gebärde über dunkle Tische, Truhen und Stühle, den glitzernden Inhalt einer kleinen Vitrine, ein Bord mit Büchern, Bilder an den Wänden, die hellen Vorhänge. Im zweiten Zimmer stehen Lager und ein Klavier, fuhr er fort. Die Kästen sind nicht erbrochen, an allen Türen stecken Schlüssel. In den Lampen ist noch Öl.

Vielleicht wohnt noch jemand hier?

Ich glaube kaum, erwiderte der andere. Vor jener Türe spannte sich ein großes Spinnennetz, das ich, da ich eintrat, zerstörte, und auf den Dingen liegt Staub.

Die Uhr ist stehengeblieben, sagte Fortescue plötzlich. Er hatte es eben bemerkt. Der Satz blieb in der Stille hängen. Als sein Gefährte wieder sprach, war es von anderem.

Hier liegt Holz und eine Hacke, meinte er. Wenn Sie ein Feuer im Herd entzünden, will ich das Abendbrot bereiten.

Gut, sagte Fortescue. Nehmen Sie bitte auch meine Satteltasche. Sie finden in ihr, was Sie benötigen.

Er zerschlug, während der andere nach seinen Worten handelte, eine Reihe der trockenen Klötze zu Stücken und Spänen, kniete nieder und setzte den Ofen in Brand.

Der Gefangene entnahm einem Kästchen Teller und Pfannen und beschäftigte sich sodann mit der Bereitung einer Speise aus Eiern, geselchtem Fleisch und Brot.

Fortescue trat an eines der Fenster.

Die Nacht kommt, berichtete er. Der Regen ist stärker geworden.

Man wird Sie vermissen, sagte der andere, eine Zigarette zwischen den Lippen, indem er die unruhige Pfanne interessiert bewegte.

Und Sie, erwiderte Fortescue.

Sicherlich, sagte der Gefangene. Er streute Salz über die Speise. Fortescue deckte den Tisch. Sie setzten sich und aßen.

Man sollte meinen, meditierte der Fremde, nicht ganz geleerten Mundes, daß wir, Angehörige zweier Nationen, die sich des öfteren als haßerfüllte Todfeinde bezeichneten, uns eine Menge Tödliches zu sagen hätten. Die Wirklichkeit jedoch zeigt mir, daß wir durchaus friedlich und eines Geschmackes hinsichtlich dieser ausgezeichneten Speise sind, an der mich, seien Sie versichert, allein die Farbe des gerösteten Eiweißes stört, wenn auch wahrscheinlich nicht mehr als Sie der Mangel an Petersilie.

Ich bin nicht Ihr Todfeind, sagte Fortescue ernst.

Auch ich, entgegnete der andere, kann mich nicht überreden, Sie zu hassen. Nein, das ist mir gänzlich unmöglich.

Fortescue reichte ihm das Brot.

Danke, sagte der andere.

Danach versanken sie wieder in Schweigen.

Das Licht der Kerzen warf abenteuerliche Schatten an die Wände. Wieder hörte Fortescue den Regen trommeln, leise und stetig.

Haben Sie die Tiere mit Futter versorgt? fragte der Gefangene später, als er den Tisch leerräumte.

Wie? sagte Fortescue abwesend. Ja. Nein... doch, sagte er, ja: natürlich.

Was haben Sie?

Kommen Sie hierher, lesen Sie diese Zeilen. Fortescue erhob sich und führte den anderen am Arm zur gegenüberliegenden Wand, an der, in der Art eines Teppichs, ein schwarzes, samtähnliches Tuch herabhing, auf welchem in silbernen Buchstaben eine Reihe von Worten stand. Sie hielten eine Kerze davor und lasen:

Kein Mensch ist eine Insel, ganz für sich allein. Jedermann ist ein Stück des Kontinents, ein Teil des festen Landes. Wäscht das Meer eine Scholle fort, wird ganz Europa ärmer, so als ob eine Landzunge verschlungen würde oder ein Schloß, das deinen Freunden gehört oder dir selbst. Jedermanns Tod macht mich ärmer, denn ich bin hineinverstrickt in die Menschenwelt: und deshalb verlange nie zu wissen, wem die Stunde schlägt: sie schlägt immer für dich.

Wer mag dies geschrieben haben? fragte Fortescue.

Ich weiß es nicht, erwiderte der Fremde, doch es scheint mir schön. Er trat an das Fenster zurück. Draußen war es ganz dunkel geworden.

Der Tag ist vollendet, sagte der seltsame Gefangene. Sein Nebel wird schwinden, dann werden wir sehen.

Ich bin müde.

Fortescue lehnte die Stirn gegen das kühle Glas.

So schlafen Sie.

Gut. Wir wollen abwechselnd wachen. Aber wecken Sie mich, wenn meine Zeit gekommen ist.

Ich will es um Mitternacht tun, versprach der Gefangene. Sie gingen in den zweiten Raum des Hauses, in dem sich Fortescue aus Decken ein Lager bereitete.

Öffnen Sie die Tür, bat er, sich entkleidend, dann dringt die Wärme des Herdes auch zu mir.

Ja, sagte der Fremde.

Die Glut des Ofens rötete den Boden. Funken fielen zur Erde und erloschen.

Wenn es Sie nicht stört, möchte ich gerne spielen, sagte der Wachende auf das Klavier weisend.

Bitte, erwiderte Fortescue.

In seinen Halbschlaf drangen Melodien. Sie schienen ihm aus großer Ferne herzurühren, und wie Hagen von Tronje träumte auf der Treppe vor dem großen Saal am Hofe König Etzels, während Volker von Alzei mit dem Lied seiner Geige die müden Helden zur Ruhe sang, damit sie für Stunden des nahenden Unterganges vergäßen und des Todes, der ihre Bestimmung war, so vernahm Fortescue von neuem das Tönen der Harfe, die draußen im Winde schwang, und ihre wilden und schwermütigen Weisen trugen ihn wie auf Flügeln über das schlafende Land.

Er sah Wälder und Ströme unter sich verrauschen, Städte mit

Palästen und Türmen aus Gold, er flog über die Alpen und über das Meer, und überallhin begleitete ihn die Fülle des Wohllauts, die sich an die grenzenlosen Himmel verschwendete. Über Kontinente hinweg trieben ihn der Wind, die Wolken und die Macht der Harfenmusik, und er sah, wie jener Schiffsjunge im Lied, Jerusalem und Madagaskar und Nord- und Südamerika. Die musizierenden Winde aber, die ihn trugen, kamen von allen Enden der Welt. Von den Azoren kamen sie, von den Bermudas, aus Sibiriens Steppen und den Tundren Lapplands, von allen Ozeanen und den Bergriesen Indiens herab. Aus Ägypten eilten sie herbei, den Staub der Wüsten noch an sich, aus den blühenden Gärten der Provence und den glühenden Ebenen Ungarns kamen sie, aus Kalifornien, Sumatra, Japan. Mit ihrem Atem schufen sie das Lied, das wie ein Ring sich um die Erde schloß und weitertönte in die Dunkelheit des Weltenraumes hinaus. Es tönte noch in ihm, als der Schläfer erwachte. Das Zimmer war vom Zwielicht des Morgens erfüllt. Hinter den Fenstern versprachen rosenrote Wolken einen neuen Tag. Vor dem Klavier saß der Fremde. Er rauchte und sah dem Sonnenaufgang zu. Der Nebel ist geschwunden, sagte er.

Warum haben Sie mich nicht geweckt, da meine Zeit gekommen war?

Ich versuchte es. Allein, Sie schliefen so tief, daß ich es wieder ließ. Zudem bin ich selbst nicht müde.

Mit der ersten Sonne ergab sich, daß sie in der Tat auf einer Art von Hochplateau genächtigt hatten, von dem man in eine sich weitende Ebene sah, die noch in Wolkendunst gebettet lag.

Ich habe eine Karte gefunden, sagte der Gefangene, und unseren Aufenthalt auf ihr. Er nannte einen Namen.

Die Straße, die wir kamen, hätte uns in einigen Stunden zu meinen Linien geführt. Es wäre unmöglich gewesen, sich zu verfehlen.

So können wir reiten? fragte Fortescue.

Nichts stünde im Wege, entgegnete der andere.

Eine Stunde später verließen sie das Haus. Der Morgen überstrahlte die Wiesen mit goldenem Licht, in den schwarzen Furchen der Äcker stand noch der Regen der Nacht. Sie kamen an dem Baum vorüber, der die Harfe trug, doch sie verweilten nicht. Bald waren sie wieder an der Straße. Fortescue sah seinen Gefährten an. Sie blieben stehen.

Hier trennt uns der Weg, sagte Fortescue. Reiten Sie, wohin Sie wollen. Sie sind frei.

Der Fremde entblößte die Hand und reichte sie ihm. Ich bin

nicht freier, als ich jemals war, erwiderte er, Sie aber sind es um so mehr. Leben Sie wohl.

Er grüßte, wandte das Pferd und verließ ihn rasch.

Der Zurückbleibende sah ihm nach, wie er gleichmütig und aufrecht das weiße Band der Straße entlang ritt, der aufgehenden Sonne entgegen. Dann schied auch er. Vor ihm wanderte die lange, schmale Spur seines Schattens, er fühlte den Wind an seinem Gesicht, und in seinen Ohren fing sich das Lied der singenden Harfe, das weitertönte und weiter, und leiser wurde und leiser, und das schließlich verklang.

# NEKROLOG FÜR DEN MÖRDER PIERRE LAMUIR

Der Zug, mit dem ich an jenem Sommermorgen von Angoulême nach Bordeaux fuhr, war fast leer. Mit Hilfe eines Bahnbeamten, der sich sehr zuvorkommend und höflich betrug, war es mir gelungen, ein unbesetztes Abteil zu finden, vor dessen Gangfenster ich, um allein zu bleiben, sogleich den kleinen Samtvorhang zog, der an ihm befestigt war. Tatsächlich störte mich niemand, und einige Zeit nachdem der Zug sich in Bewegung gesetzt und die ersten Weichenkreuze und Unterführungen des Bahnhofes hinter sich gelassen hatte, öffnete ich ein Fenster und lehnte mich, von kleinen Windstößen angenehm gestreichelt, in die gepolsterte Ecke meines Abteils zurück.

Ich reise selten, da solche Unternehmungen für mich immer mit großen Strapazen körperlicher und seelischer Art verbunden sind – denn ich bin ein alter Mann und schon lange nicht mehr gesund –, und auch diese Fahrt war allein durch die notwendige Konsultation meines Arztes zustande gekommen. Während der Zug nun die letzten Häuser der Peripherie hinter sich ließ und in die große Ebene von Saintonge hinunterglitt, empfand ich etwas wie eine glückliche Beruhigung. Ich schloß die Augen. Draußen zogen die unendlichen Getreidefelder und Kleewiesen Frankreichs vorüber, der Wind durchkämmte sie zärtlich, und es war wie am Meer. Obschon ich sie nicht sah, hatte ich doch deutlich den Eindruck der lieblichen Farben dieser Gegend vor Augen: das Goldgelb der Ähren, die unzähligen feinen Nuancen des Grüns der Gräser, Sträucher und Bäume, das Ocker, Braun und Beige der Ackererde, die wenigen humoristisch bunten Häuser, einen Silo in Rot und Schwarz, Pferde und ein paar Gänse irgendwo in den Feldern, und das silbrige, von grauen Wolkenfäden durchzogene Blau des sich zur Kuppel wölbenden Himmels über dem Lande. Ich erinnerte mich eines Bildes van Goghs, die Ebene von Auvers sur Oise darstellend, das mir in einer sicher unzulänglichen Reproduktion bekannt war, und auch des Briefes, den der Maler dazu an seinen Bruder schrieb: ... die ländliche Landschaft mit den Feldern, wie die in Michels, ihre Farben sind Zartgrün und Gelb und Blaugrün ...

Die Zugsirene heulte. Wir fuhren schnell.

Ich liebe diese Gegend des Landes, und immer inniger, je älter

*Jeder, der spart . . .*

ich werde. In meiner Jugend brachte ich ihr, wie, ach, so vielen anderen Dingen, allein ein Gefühl ungläubiger Indifferenz entgegen. Aus meinem Unvermögen, die Weisheit ihrer heiteren Gelassenheit, ihre feine, aristokratische Vermeidung schreiender Gegensätze und die Majestät ihrer ruhigen, unbekümmerten Fröhlichkeit zu begreifen, erwuchs in mir eine nachlässige Geringschätzung für sie, die mich das Ausmaß der Gefühle und Empfindungen, die sie imstande war hervorzurufen, allgemein begrenzen ließ. Zu jener Zeit erregten mich die herabstürzenden Kaskaden eines Wasserfalls, Gletschermoränen, auf denen blutrot die letzte Sonne lag, Springfluten an der Nordsee etwa oder die sturmgepeitschten Schneewüsten Rußlands und die sternklaren Nächte Siziliens. Spät erst erwachte meine Liebe zum flachen Land, ein Gefühl des Verstehens seiner besonderen Schönheit stellte sich ein und eines der Wertschätzung seines Friedens, und ich mußte viel erleben, um zu erkennen, was ich jetzt weiß: daß man den Zauber der Ebene erst im Alter zu begreifen beginnt...

Nach einem kurzen Aufenthalt in einer kleinen Station öffnete sich die Abteiltür, und ein Mann mit angenehm klingender, melancholischer Stimme bat um Erlaubnis, mein Coupé betreten zu dürfen. Er versorgte sein Gepäck und nahm danach den Sitz mir gegenüber ein. Wir sprachen nicht miteinander, und ich gab durch geschlossene Augen meinem Nichtbedürfnis nach Konversation Ausdruck. Dennoch fühlte ich bald seine Blicke interessiert auf meinem Gesicht ruhen und empfand dies leicht unangenehm. Schließlich bat mein Reisegefährte um Feuer für seine erloschene Pfeife, und ich reichte ihm eine Schachtel Zündhölzchen. Dabei neigte ich mich vor und hörte ihn Atem holen. Die nächsten Minuten kämpfte er deutlich erkennbar mit der Versuchung, mich aus meiner abwesenden, wortkargen Isolation zu reißen. Ich wiederum schämte mich ein wenig für meine Unfreundlichkeit, bedachte bei mir, daß seine Stimme eigentlich sympathisch gewesen war, und lächelte endlich einmal, wie zur Entschuldigung, in seine Richtung. Dies gab ihm anscheinend die Quantität von Mut, welche ihm mangelte, denn er begann daraufhin zu sprechen.

Verzeihen Sie meine Neugier, sagte er zögernd, ist Ihnen Pierre Lamuir bekannt? Kennen Sie einen Menschen dieses Namens? Sind Sie mit ihm verwandt?

Ich erwiderte, leicht erstaunt, in verneinendem Sinne.

Warum? fragte ich.

Sie sehen, meinte er, einem Bekannten so unerhört ähnlich. Daher erklärt sich auch meine ungezogene Art, Sie anzustarren. Ich brachte einige höfliche Belanglosigkeiten zustande, und das Gespräch war knapp vor dem endgültigen Versintern, als er, nach einer Pause, eine merkwürdige Frage an mich richtete. Er sagte nämlich: Halten Sie es für möglich, einen Menschen zu töten, den Sie nicht kennen, den Sie noch nie gesehen und mit dem Sie kein Wort gesprochen haben?

Ich erwiderte mit einem schwachen Versuch zu Clownerie, im Hinblick auf ein später sich als Notwendigkeit erweisendes Alibi hielte ich dies für eine durchaus glückliche Idee.

Nein, sagte er unberührt, ich fragte Sie im Ernst. Sie haben mich vielleicht nur mißverstanden. Was ich meinte, ist dies: können Sie sich ein *Motiv* denken, das stark genug wäre, Sie zu einem Mord wie diesem zu veranlassen?

Langeweile, schlug ich vage vor, und er erwog diese Möglichkeit ernst durch längere Zeit.

Ja, sagte er endlich versonnen, das wäre möglich, das wäre durchaus möglich. Wenn Sie erlauben, fuhr er, plötzlich lebhaft werdend, fort, möchte ich Ihnen eine Geschichte erzählen, die Geschichte eines Mannes, der einen Mord an einem Unbekannten beging, aus einem anderen Motiv allerdings.

Inzwischen war ich wieder munter und ein wenig interessierter geworden. Die Fahrzeit, überlegte ich, betrug zumindestens noch zwei Stunden. Warum also nicht? Und außerdem fühlte ich, daß meine Schläfrigkeit sich zwar etwas verzogen hatte, jedoch nicht so sehr, als daß ich gegen diesen Einbruch in meine friedlichen geographischen Betrachtungen zu protestieren imstande gewesen wäre.

Und wie, fragte ich daher, ein neues Lächeln versuchend, stand es um sein Alibi? Wo hält sich Ihr Bekannter gegenwärtig auf?

Sein Blick ruhte wieder auf mir.

Der Bibel nach, erwiderte er, als reuiger Sünder vermutlich im Himmel, sitzend zu Füßen des Herrn ... wir haben ihn soeben begraben.

Ich wollte etwas sagen, wurde aber durch das Heulen der Zugsirene gerade noch rechtzeitig an einer vermutlichen Geschmacklosigkeit gehindert, und so nickte ich nur auffordernd. Während der Zug nun seinen Weg durch die reifenden Felder und blühenden Wiesen meiner Heimat suchte, erzählte mein Reisegefährte die Geschichte Pierre Lamuirs, die seines toten Freundes Rechtfertigung war und sein Nekrolog und eine neue Weise.

Als ich ihn kennenlernte, sagte der Fremde, war Pierre Lamuir Motorradagent und Klavierspieler in einem Animierlokal. Dies begab sich ungefähr zehn Jahre nach dem großen Krieg, und damals steckten ja die meisten von uns in üblen Sackgassen, allein Lamuir war ganz besonders schlimm daran. Er hatte den Mut verloren. Er hatte überhaupt alles verloren, seinen Namen, sein Heim, seine Frau – sie war in der großen Grippeepidemie gestorben – und vor allem den Glauben an sich selbst. Wenn er allnächtlich hektische Synkopen über die Tasten seines Flügels hämmerte und durch einen dicken Schleier rotdämmerigen Zigarettenrauches den Schiebern und Huren zusah, wie sie tanzten, wenn ihn von seinem geduldigen Automatenlächeln die Kiefer schmerzten und die Franklin-Sisters kreischend «Darling, I love you» sangen, dann verfluchte er sein bankrottes Leben und wünschte sehnlich, nie geboren worden zu sein. Er ging durch verlassene Gassen nach Hause, wärmte sich, wenn er die Münze für den Gasspeicher besaß, das kalte Essen, das die Wirtin vorbereitet hatte, hockte unschlüssig in seinem schmutzigen Zimmer herum, und wenn er sich endlich entschloß, zu Bett zu gehen, dann ließ er zwischen dem Ausziehen des linken und rechtes Schuhes eine Viertelstunde vergehen, denn er empfand Angst vor der Dunkelheit einer Nacht, in welcher die Gespenster toter Ambitionen zu erscheinen und sich auf seine Brust zu setzen pflegten. Er war noch nicht alt, aber er war verbraucht. Er hatte keine Illusionen mehr, aber er hatte auch nichts anderes.

Wenn ich am Abend nicht immer so müde wäre, hätte ich mich schon lange erhängt, sagte er einmal. Seine Lieblingsmusik war die Solitude und seine Lieblingslektüre Die Brüder Karamasow. Ich versuchte mehrmals, ihn finanziell zu unterstützen, doch lehnte er dies heftig und verletzt ab. Dann verlor ich ihn für ein Jahr aus den Augen, das ich in meiner Eigenschaft als Sachverständiger in dem großen Fälscherprozeß der Bromfield-Bank in den Vereinigten Staaten verbrachte. Einige Wochen nach meiner Rückkehr traf ich ihn auf dem Boulevard Haußmann in Paris. Er sah nervös und übernächtig aus, doch war er besser gekleidet. Auf meine Frage erzählte er mir, daß er wieder ein regelmäßiges Einkommen hatte. Die «Paremonde», eine französische Filmgesellschaft, war auf den Gedanken gekommen, ein eigenes dramaturgisches Studio zu eröffnen, das in Frage kommende Sujets zu prüfen hatte. Durch einen Bekannten war es Lamuir gelungen, eine Stelle als Lektor des Studios zu erhalten, und seine Beschäftigung bestand nun darin, wöchentlich drei bis sechs Bücher verschiedener Art zu lesen und über sie kürzere oder längere Referate vom Standpunkt einer Verfilmungsmöglichkeit zu liefern. Die Bezahlung war, wie er sagte, gerecht, und er bekam nun endlich wieder zweimal täglich warmes Essen in den Magen. So weit, so gut. Die Geschichte hatte jedoch auch noch ihre andere Seite. Zwar war die Auswahl der Bücher nicht national beschränkt, und Lamuir las ebenso viele deutsche wie französische wie englische Autoren, manche sogar im Original. Das Unglück lag allein darin, daß die Gesellschaft in Geldschwierigkeiten und damit in Abhängigkeit von einem großen amerikanischen Konzern geraten war, der ihre Produktion diktierte. Die «Paremonde» hatte Lustspiele zu drehen, ausschließlich Lustspiele, gemildert durch einen Problemfilm jährlich. Nach diesen Gesichtspunkten ging nun leider auch die Auswahl der Bücher vor sich, und Pierre Lamuir kam aus der heiter-sorglosen Note nicht mehr heraus. Es war wie ein tägliches Bad in Himbeersaft. Mit ständig wachsendem Widerwillen las er Bücher mit Titeln wie «Ich habe eine reizende Mama» oder «Die Amouren der Comtesse Marie». Das Himbeerbad schlug hohe Wellen. Er kam mit dem Kopf immer häufiger unter die Oberfläche und war auf dem besten Wege, das Schwimmen zu verlernen. Er las nicht mehr, sagte er mir, er konnte überhaupt nicht mehr lesen, er überflog die eingereichten Manuskripte und beschäftigte sich ausschließlich mit dem Inhalt und nicht mehr mit dem Wesentlichen jedes Buches, von dem zu reden in diesem Falle nicht wert gewesen wäre, nämlich der Form des Gesagten. Er behauptete, einen Vorgang progressiven Stumpfwerdens mitzumachen, und in dem Maße, in dem sein kritisches Urteilsvermögen unbarmherziger und schärfer wurde, glaubte er sein Fingerspitzengefühl für die feinen Nuancen des Stils zu verlieren. Er war eine Maschine intellektueller Prägung geworden, dazu ausersehen, täglich von neuem in einem aussichtslosen Kampf der Besiegte zu sein, nicht in einem mit dem schlechten Geschmack des Publikums, sondern in einem mit den Ansichten des Chefdramaturgen über den Geschmack des Publikums. Wenn er die guten Bücher, die er besprach, flehentlich einer Verfilmung empfahl, wurden sie abgelehnt. Die Parole lautete: Gebt ihnen den Unrat, den sie haben wollen. Niemand besaß den Mut, mit jahrelangen Gewohnheiten zu brechen und das Gute mit jener Hingabe zu tun, mit der man falsche Prinzipien vertrat. Es war ein aussichtsloser Kampf, und Pierre Lamuir, dem nichts zu tun blieb, als seine Ideale zu verraten und einer Kunst zu dienen, die sich glücklich pries, wenn das, wonach sie ging, auch Brot war, hämmerte nun seine

Unlust und Indignation allnächtlich in eine kleine Remington Noiseless, und wenn gegen Mitternacht der Rebell in ihm erwachte, dann schrieb er eine glänzende, ätzende Zeile, um etwas später festzustellen, daß er das Karbonpapier verkehrt eingelegt hatte.

Monate verstrichen, und als ich ihn wiedersah, war er ein anderer. Er ging aufrecht, seine Augen leuchteten, er zupfte nicht länger an seinen Ohrläppchen und war voll Enthusiasmus. Er hatte eine Aufgabe erhalten. Pierre Lamuir sollte allen erlangbaren Quellenstoff über Michelangelo durchkämmen, ein großes Referat schreiben und später vielleicht ein Drehbuch ausarbeiten. Die Gesellschaft trug sich mit dem Plan, einen großen musikalischen Kulturfilm zu drehen.

Nun ging mit Lamuir eine seltsame Wandlung vor sich. Sein beinahe schon sinnloses Leben war von neuem Inhalt erfüllt, er hatte eine Aufgabe, ein Ziel, er durfte beweisen, daß er etwas zu leisten vermochte. Er war wie besessen. Er besuchte den Chefdramaturgen Tag und Nacht, er hockte wie ein großer, apoplektischer Affe in den Sälen der Nationalgalerie, er verbrachte Wochen über den Sammlungen der Museen, er betrug sich unmöglich, verlor jede Würde und war glücklich wie niemals zuvor.

Mit dem jungen, inzwischen berühmt gewordenen René Degrell reiste er nach Italien, und unter dem leuchtenden blauen Himmel und vor der erhabenen Schönheit des Landes wurde aus dem Nihilisten Lamuir wieder ein Mann. Zusammen mit Degrell, der Regie führte, schrieb er in sechs Wochen das Drehbuch des Films, in dem kaum mehr als zweihundert Worte gesprochen wurden, und diese von einem einzigen Menschen – dem Schauspieler Gaston Gibbe. Frenelli schrieb die Musik, und das Orchester der Mailänder Oper spielte.

Lamuir und Degrell wollten die Einmaligkeit und Größe des Menschen Michelangelo, die Kultur und das Gesicht Italiens, das Wesen der Renaissance und eines Jahrhunderts in den Werken dieses Mannes lebendig werden lassen, und ihre Absicht war: die Herzen der Menschen durch das Glück an geschautem Schönen zu erheben und jenem Satz neue Geltung zu geben, der an den Ufern des blühenden Griechenland gesprochen wurde, als die Welt noch jung war: Der Wunder größtes aber ist der Mensch. Sie fuhren nach Caprese, einem Bergdorf in der Nähe von Florenz, und dort begannen sie zu filmen. Gibbe sprach mit ruhiger, tönender Stimme die wenigen Sätze, welche die Lebensgeschichte Michelangelos zum Inhalt hatten, und Frenellis Musik beschwor die Geister eines Jahrhunderts und ließ es neu erstehen.

Von Caprese führte Michelangelos Weg in die Hallen der Kunstakademie, die Lorenzo di Medici, in dem erlesene Klugheit der Staatsführung und Kultur des Geistes vereint waren, gegründet hatte, um die bildenden Künste vor dem drohenden Verfall zu bewahren. Michelangelo betrat sie als Schüler.

Die Scheinwerfer der Filmgesellschaft richteten ihre Lichtkegel auf die Gestalten seines ersten Werkes, die Kentaurenschlacht, und erweckten sie zu neuem Leben.

Als die Stadt Florenz von Unruhen bedroht war, floh der Einundzwanzigjährige nach Rom und schuf dort in den nächsten Jahren den trunkenen Bacchus und die Pietà, welche in St. Peter aufgestellt wurde, die Mutter mit dem toten Sohn. Nach Florenz zurückgekehrt, schlug er aus einem Felsblock das Riesenbild des Giganten, das den Bürgern der Stadt zum Symbol ihrer Freiheit wurde. Der Rat von Florenz beschloß, die Wände des Sitzungssaales mit Fresken bemalen zu lassen, und gab Michelangelo und Leonardo da Vinci den Auftrag dazu, den der Ernstgenannte nicht ausführen konnte, da ihn Papst Julius II. wieder nach Rom rief, um ihm den Bau seines gewaltigen Mausoleums zu übertragen, das jedoch gleichfalls unvollendet blieb. In dreijähriger, qualvoller Arbeit bemalte Michelangelo danach die Decke der Sixtinischen Kapelle mit Fresken, die zu dem Wunderbarsten gehören, das die Welt besitzt.

Es geht uns fast wie ihm, schrieb Lamuir, ihm, der noch Monate nach Beendigung seines Werkes Gedrucktes nur lesen konnte, wenn er es sich über den Kopf hielt.

Wir leben wieder, schrieb er ein anderes Mal. Wie schön kann das Leben sein, und wie wundervoll ist es, ein Dasein zu führen, das voll Arbeit und Schönheit ist...

Sie filmten die allegorischen Gestalten der vier Tageszeiten in der Grabkapelle Lorenzos und das Antlitz der lieblichen Madonna Medici. Sie skizzierten mit Hilfe der Musik und der tausendgesichtigen Landschaft den Krieg zwischen Karl V. und Clemens VII., in welchem Michelangelo zum Festungsbaumeister von Florenz ernannt wurde. Sie filmten das Jüngste Gericht an der Altarwand der Sixtinischen Kapelle, das Michelangelo malte, nachdem Florenz durch Verrat gefallen war und er wieder vom Papst zurückgerufen wurde.

Sie arbeiteten mit den raffinierten Mitteln des Films, mit Überschneidungen und Blenden, mit den Effekten des Lichtes und der Schatten, mit den Stimmen der Musik und der Menschen, und Nacht um Nacht umspielten Scheinwerfer die Werke des Giganten, ihr Licht floß über die Linien und das gekurvte Ebenmaß seiner Gestalten ebenso wie über die angespannten, vertieften und jungen Gesichter jener Männer des 20. Jahrhunderts, über die eine neue Renaissance ihre wunderbaren Schleier gelegt zu haben schien.

Sie filmten im Dom von St. Peter, sie bannten die kühne und ewige Schönheit der Kuppel des Kirchenschiffes, die der Fünfundsiebzigjährige entworfen hatte, auf einen Streifen mit Halogensilber präparierten Zelluloids, und sie lächelten sich zu: bald war ihr Werk vollendet.

Während die unsichtbaren Finger der Kamera die erschütternde Büste des alten Michelangelo von Daniele da Volterra abtasteten und die Musik in ein majestätisches Finale hinüberglitt, verlas Gibbe die letzten Worte des Films, der von Menschen guten Willens geschaffen wurde, und die einem Brief des Arztes Michelangelos entnommen waren:

... am achtzehnten Februar des Jahres fünfzehnhundertundvierundsechzig starb hier Michelangelo Buonarotti, Bildhauer zu Rom, der größte Mensch, den die Welt je sah ...

Nach einer langen Pause, in welche das Geräusch der schlagenden Achsen drang, räusperte sich mein Gegenüber und sagte beiläufig: Zwei Monate später, Ende September, lief der Film dann an. Sie haben ihn nicht gesehen?

Ich erwiderte, daß ich zu dieser Zeit nach einer schweren Operation im Spital gelegen war und ihn daher nicht gesehen hatte. Etwas später fuhr mein Reisegefährte in seiner Erzählung fort.

Die Geschichte Pierre Lamuirs, sagte er, ist noch nicht zu Ende. Sie geht weiter, woraus Sie ersehen mögen, daß in diesem Falle das Leben eine Anstellung als Dramaturg der «Paremonde» nicht verdient hätte. Denn es leistete sich etwas Unverzeihliches: eine Antiklimax.

Lamuir wohnte der Premiere seines Films nicht bei, er erkrankte plötzlich an heftiger Malaria, und zur Stunde, da sich ein begeistertes Publikum die Hände wund klatschte, lag er delirierend im Hospital der Heiligen Barbara in Rom. Und nun beging das Leben den zweiten Regiefehler, es nahm sich eine wichtige Pointe. Der Film fiel nicht durch, o nein, im Gegenteil, er wurde ein Erfolg, die Zeitungen waren voll lobender Urteile, und die Kunstkoryphäen der Stadt feierten ihn als eine Tat. Man sandte dem kranken Lamuir die Kritiken ins Spital, und es regnete Anerkennungschreiben und angenehme Ehrungen. Dann, nach einigen Wochen, als sein Schöpfer eben wieder genesen war, verschwand der Film für kurze Zeit, in der Kopien hergestellt wurden, und als er wieder erschien, war die Welt an neuen, wichtigeren Dingen interessiert. Denn das Schöne ist für die Masse von beschränktem Interesse und vor allem ermüdend.

Die Empfindungen, denen Lamuir in nächster Zeit erlag, sind einer analytischen Betrachtung wert: die erste Stufe war, daß er jegliches Interesse an seinem Werk verlor und eine Reise nach Nordafrika unternahm. Die zweite Stufe, auf die er erst Wochen später trat, war die des Zweifels und der Unzufriedenheit mit seiner künstlerischen Leistung. Und dies wiederum ergab sich als progressiver Vorgang. Zuerst sagte er sich, er hätte dieses und jenes anders und besser machen können, dann begann er, nachdem er eine Zeitlang der Ansicht war, daß er sich an diesen Stoff niemals hätte heranwagen dürfen, sich einzureden, daß er viele, viele Male Souveräneres hätte schaffen können, und schließlich vergaß er, was er gesehen hatte, über dem, was er zu sehen vergessen hatte. Und als er nach Europa heimkehrte, war er ein artiger Neurotiker. An jenem Nachmittag, da er mich anrief, mir für meine Glückwünsche, die er lange unbeantwortet gelassen hatte, zu danken und mich einzuladen, gemeinsam mit Degrell seinen Film noch einmal anzusehen – in einem der wenigen Theater, in welchen er nun als Reprise lief –, war es schwül, regnerisch und die Luft erfüllt von Fliegen. Am meisten hätte mich seine fröhliche Gelassenheit besorgt machen sollen, doch damals ahnte ich ja noch nichts von seiner überstandenen Krisis, und es schien mir ganz natürlich, ihn gut aufgelegt zu finden.

Die beiden holten mich ab, und zusammen fuhren wir zu einem kleinen Theater namens «Maxim» in einem der Außenbezirke. Es war die Nachmittagsvorstellung. Wir nahmen auf den harten, lärmenden Sperrholzsitzen Platz, und Lamuir erklärte mir, dabei auf die abgeschabten roten Teppiche, den schadhaften Deckenverputz, zwei tote Glühlampen im Luster und die Gespräche des Publikums verweisend, es handle sich hier um ein Experiment. Er gäbe, so sagte er mir, für das Urteil einer Premierengesellschaft ebenso wie auf jenes bestochener Kritiker keinen roten Heller. Er wolle sich nun selbst des Eindruckes vergewissern, den sein Film auf Arbeiter, Handwerker, auf kleine und einfache Menschen machte.

Von gewissen Bedenken erfüllt, bemühte ich mich eben, ihm klarzumachen, daß unser Experimentierpublikum durchaus nicht nur aus Arbeitern und einfachen Menschen bestand – die ich sehr wohl empfänglich für den Zauber schöner Dinge halte –, sondern zum weitaus größeren Teil aus einer abscheulichen, stumpfen Clique von Kleinbürgern, als es dunkel wurde und man mich zur Ruhe zischte.

Wir ließen zunächst Reklamen und Vorfilme an uns vorüberziehen, danach wurde der Ventilator, der bis dahin klappernd gesummt hatte, abgestellt, und das Spiel begann.

Ich kann mir heute noch nicht erklären, wie es eigentlich dazu kam. Vielleicht war es der Umstand, daß der Film etwas überdreht vorgeführt wurde, vielleicht war es die nicht einwandfreie Tonapparatur, vielleicht, und dies ist am wahrscheinlichsten, war es dic abgeschlossene, dumpfe Schwüle des Saales, welche die Menschen irritierte und sie Längen und Schwächen erblicken ließ. Doch dies alles ergibt noch keine vollkommen zufriedenstellende Erklärung, denn erstens waren jene Leute keine sadistischen Ungeheuer, und zweitens kenne ich diese Schicht des Volkes so weit, um zu wissen, daß gerade sie, behaftet mit künstlerischem Unvermögen und unsicher gemacht durch ihre soziale Zwischenstellung, kaum den Mut findet, ein eigenes Urteil zu fällen.

Wie dem auch sei – ich weiß es nicht. Es bleibt mir zu berichten, daß ich etwa um die Mitte des Films mit einigem Entsetzen eine leichte Unruhe feststellen mußte, die durch die Reihen lief. Ich blickte besorgt hinüber zu Lamuir. Dieser jedoch saß unbeweglich und sah starr auf das flimmernde Rechteck vor sich. Das Zentrum der Unruhe, die sich bald zu einer witzelnden Opposition verstärkte, saß drei Reihen vor uns in der Gestalt eines mäßig großen, untersetzten Mannes, in dessen Silhouette man beim schlechtesten Willen nicht den Prototyp des bösartigen Kleinbürgers erblicken konnte. Er war eine durchaus alltägliche, unauffällige Erscheinung. Zunächst unterhielt er sich auch nur mit einer mausgrauen weiblichen Gestalt an seiner Seite und regte sie durch seine Bemerkungen zu unkontrollierten, kleinen Geräuschen an.

Später begann er laut Kritik zu üben, und einige der Umsitzenden lachten höflich Beifall. Sie wurden von anderen zur Ruhe verwiesen. Pierre Lamuir saß ganz unbeweglich da, und das Gesicht machte in seiner verkrampften Starre einen beinahe idiotischen Eindruck. Der Mann vor uns, durch seinen Lacherfolg in irgendeiner, weiß Gott welcher Weise geschmeichelt, wurde rasch lauter.

Man achtete nun schon allgemein auf seine dummen, teilweise ordinären Sentenzen.

Als er beim Anblick der «Morgenröte» die Figur in unflätiger Weise mit einer Folge obszöner Bemerkungen bespie, sagte Lamuir abgehackt und mit unnatürlicher Stimme: Kusch.

Darauf trat eine überraschte Stille ein, an die sich eine nicht enden wollende Schimpftirade unseres schattenhaften Feindes schloß. Ich legte eine Hand auf Lamuirs Arm und fühlte, wie er vor Wut zitterte. Meinen Vorschlag zu gehen lehnte er unfreundlich ab.

Im Laufe der nächsten halben Stunde verwandelte der Raum sich nun schnell in ein kleines, höllisches Tollhaus. Von Zeit zu Zeit grölten die Verbündeten des Mannes vor uns über seinen Zoten auf, wurden von anderen zurechtgewiesen, es entwickelten sich wüste Schreiereien, und das Ganze war eine Art von Kampf des Guten mit dem Bösen, wenn Sie wollen, des Lichtes mit der Dunkelheit – im Dunkeln.

Energische verlangten trampelnd Licht und die Unterbrechung der Vorstellung. Gegen Ende des Films war der Tumult ganz allgemein. Besonders grauenhaft blieb mir jene Stelle in Erinnerung, an der Gibbe ein Sonett des alternden Michelangelo verlas:

...noch immer wart' ich
auf ein spätes Glück...

Wissen Sie, da lachte dieses Scheusal, wiehernd und roh.

Als die Lichter schließlich aufflammten, drängte Lamuir sich mit leintuchfarbenem Gesicht an mir vorbei. Ich hielt ihn fest, doch er riß sich los, und ich verlor ihn aus den Augen. Gemeinsam mit dem erstaunlich gleichmütigen Degrell suchte ich ihn sodann einige Zeit lang erfolglos und entdeckte ihn endlich, umgeben von einer dichtgedrängt stehenden Menschenmenge, in der kleinen Wartehalle des Theaters. Ihm gegenüber stand der Mann, der vor uns gesessen war. Er überschüttete meinen Freund mit einem klebrigen, gemeinen Schwall beleidigender Äußerungen. Es war, als ob zäher Asphalt aus seinem Munde ränne. Wir bemühten uns, Lamuir zur Hilfe zu kommen, wurden jedoch zurückgestoßen. Wir schrien seinen Namen, doch er hörte uns nicht.

Sie gemeines Tier, rief er, Sie verdienen nicht, um die Existenz Michelangelos zu wissen.

Da lachte der Mann, und es war das niederträchtigste Lachen, das ich in meinem Leben zu hören jemals Gelegenheit hatte. Lamuir schrie auf und schlug ihm mit der geballten Faust ins Gesicht. Die Menge heulte. Die Augen mit den Händen bedeckend, sank der Mann aufstöhnend zu Boden und erhob sich sogleich wieder taumelnd. Danach ging alles sehr schnell. Lamuir hieb mit beiden Fäusten wie von Sinnen auf den Schwankenden ein, er schlug ihn buchstäblich zu Tode. Ich habe das Ganze noch vor mir, als ob es gestern geschehen wäre: die kreischenden Frauen, die Stimme eines Mannes, der irgendwo heiser mit der Polizei telefonierte, das Überfallkommando, die blitzenden Koppel der Uniformierten, den abwesend und mit hängenden Schultern dastehenden Lamuir, die zusammengebrochene Gestalt auf dem Steinboden, blutig und leblos, und ich höre wieder jenes dünne, zittrige Wimmern der kleinen grauen Begleiterin des Toten, die sich später als seine Frau erwies.

Ich war Lamuirs Anwalt, obwohl er, gänzlich desinteressiert am Ausgang seines Prozesses, jede Verteidigung abgelehnt hatte, und so bekam ich Kenntnis von allem, was ich Ihnen jetzt erzählte. Bei der Verhandlung sagten Degrell, sein Chefdramaturg und seine Freunde für ihn aus, überhaupt verlief der Fall Lamuir eher sensationell, und es erstaunt mich, daß Sie sich seiner nicht entsinnen. Schließlich verurteilte eine sehr unentschiedene Jury den Angeklagten zu zehn Jahren Kerker. Er nahm die Strafe, abwesend und höflich hinter der Barriere stehend, an und dankte dem Gerichtshof mechanisch für sein Wohlwollen. Er kam in das Gefängnis von Gervaise. Eine Zeitlang stand er unter ärztlicher Beobachtung, doch erwies er sich als geistig völlig normal. Ich besuchte ihn häufig und erbot mich, wenn es mir möglich war, ihm kleine Wünsche, wie Gefangene sie haben, zu erfüllen, doch erklärte er, keinerlei Annehmlichkeit zu missen. Lamuir war, wie der Direktor des Zuchthauses mir sagte, ein bescheidener und ruhiger Sträfling. Mit seinen Gefährten sprach er nie. Einige Male verlangte er Papier und eine Feder, doch schrieb er niemals auch nur eine Zeile. Er klopfte Steine, ging seine Runden im Hof, saß in seiner Zelle, nähte Postsäcke, und ich glaube, sein Herz war schon lange tot, als er gestern früh nach einjähriger Haft und kurzer Krankheit starb. Mein Gegenüber schwieg, und ich fühlte, wie der Zug seine Fahrt verlangsamte. Die kommende Station war Libourne.

Ich muß mich von Ihnen verabschieden, sagte mein Reisegefährte, ich bin am Ende meiner Reise angelangt. Nun kennen Sie die Geschichte des Pierre Lamuir. Ich weiß nicht, warum ich sie Ihnen, einem Fremden, erzählte. Ich denke, es waren Ihre Augen. Sie haben so seltsame Augen... und als ich das Abteil betrat, hatte ich die Empfindung, er säße hier. Sie hätten seinen Film verstanden, Sie hätten ihn zu *sehen* verstanden, ja, das fühle ich ganz sicher.

Aber, begann ich schwach, doch er unterbrach mich.

Gewiß, rief er. Für Sie hat er diesen Film geschrieben, für Sie, die Sehenden, die Verstehenden. Sie müssen ihn sehen, versprechen Sie mir dies. Und verzeihen Sie einem sentimentalen Anwalt seine große Geschwätzigkeit.

Damit schied er. Ich war allein. Als der Zug wieder anfuhr, entsann ich mich seiner letzten Worte.

Wie seltsam, wie überaus seltsam... aber ich hatte einfach nicht den Mut, ihm die Wahrheit zu sagen. Wozu auch? Ich bin krank und alt. Wir werden uns nicht wiedersehen. Dennoch... ist es nicht so, daß jene, denen es vergönnt ist zu schauen, nicht sehen, und daß jene, die vielleicht sähen, verdammt sind, nicht schauen zu dürfen?

Man erinnere sich der klassischen Sehergestalten... aber das nennt man heutzutage auch nur noch: Überkompensation von Organminderwertigkeit. Es scheint, daß man im Unglück eitel wird.

Ich hätte Pierre Lamuirs Film vielleicht verstanden und ihm den Trost geben können, der ihm versagt blieb. Doch ich werde seinen Film nie sehen. Denn ich bin blind.

# DER WEG OHNE ENDE

Vor ein paar Tagen ist in meinem Haus, hier in der Heide, ein Mensch gestorben. Ich kannte ihn nicht, nie zuvor war er mir begegnet, und aus seinem Leben erfuhr ich nur, was er im Fieber erzählte, denn er kam schon als Kranker zu mir. Beinahe zwei Wochen lag er in diesem Raum, phantasierte, verfiel und erkämpfte sich unter Schmerzen und wirren Träumen seinen mühsamen Tod. Ich pflegte ihn, doch es gelang mir nicht, ihn zu retten. Gestern habe ich ihn begraben.

Er liegt unter einem Hügel, der sich aus der Ebene erhebt und der bewachsen ist mit Farren, Anemonen und Rispengras. Das Grab schaufelte ich so, daß es der Richtung nach längs des Weges liegt, der durch die Heide läuft, von Westen nach Osten. Sein Haupt bettete ich nach Sonnenuntergang, wie er es gewünscht hatte, indem er sagte, er wolle dem Morgen entgegensehen.

Es war dies weder mein erstes Begräbnis, noch der erste Mensch, den ich sterben sah, ohne ihm helfen zu können. Denn wir sind alte Rivalen: der Tod und ich.

Medizinisch gesehen handelte es sich um den letalen Ausgang einer akuten Infektionskrankheit: Typhus. Die Widerstandsfähigkeit gegen diese Krankheit ist individuell sehr verschieden, es gibt Menschen, die, wenn sie die primäre Krankheit eben noch überstehen, lebenslangem Siechtum verfallen durch folgende Leiden wie Lungen-, Herzmuskel- oder Knochenmarkentzündung, und es gibt andere, die Typhusbakterien in Menge beherbergen, ohne selbst auch nur zu erkranken.

Der sechsunddreißigjährige Robin Guiscard – ich entnehme Alter und Namen den Dokumenten des Verstorbenen – gehörte nicht zu diesen. Von schlechtem Allgemeinbefinden, verbraucht und müde, wäre sein Fall in die Rubrik jener letalen zwölf bis fünfzehn Prozent einzutragen, welche die Statistik als Grenzforderung des Todes erkannt hat. Robin Guiscard starb. Er starb trotz meiner vielfachen Versuche, sein Leben zu bewahren, trotz Chinin und Antipyrin, trotz äußerster Sauberkeit und aller Diäten, trotz meiner Devotion vor den überkommenen Heilmethoden der Literatur. Er starb zuletzt, nachdem er durch Tage in einem entsetzlichen Ringen um die Erhaltung seines Lebens gelegen war, ohne Protest, fast wie zufrieden mit einem Ausweg, der sich für ihn ergeben hatte, beinahe glücklich, in der Tat beruhigt.

Die Energien, die bis dahin den auflösenden Gewalten in seinem Körper Widerstand geleistet hatten, löschten aus. Er kämpfte nicht länger. Es kann dem Tod nicht schwergefallen sein, ihn endlich zu bezwingen.

Er starb in der Überzeugung, daß der Tod die Sehnsucht, die ihn verbrannte, besser zu stillen verstand als das Leben. Er starb. Und über seinem Grab biegen Gräser sich spielend im Sommerwind, Hummeln brummen hin und her, und die Sonne geht ihren großen Bogen von Osten nach Westen, versinkt und kehrt wieder, heute wie alle Tage.

Daß ich hier den Versuch unternehme, einen Bericht über die letzten Wochen des Verstorbenen zu geben, hat einen zunächst gewiß absonderlich erscheinenden Anlaß: jenen nämlich, daß in der vergangenen Nacht, etwas unterhalb des Grabhügels, eine Quelle die Erde durchbrach und ihr Wasser seitdem beständig und voll Eile durch das Gras und die Steine der Heide fortläuft, als feuchte Spur sichtbar zwischen den Blumen der Wiese. Diese Gegend des Landes ist wasserarm, zum nächsten Brunnen muß man lange gehen. Die Bewohner der wenigen Gehöfte fangen den Regen in Tonnen und flachen Behältern und verwenden ihn sparsam in den Zeiten der Dürre. Eine Wasserstelle, die plötzlich aufbricht ohne Grund, bildet deshalb eine erfreuliche, wennschon lokale Sensation. Tatsächlich kommen auch seit den Morgenstunden Bauern, um sie zu betrachten, tiefsinnig und breit das Phänomen zu bereden, um schließlich einen Kognak mit mir zu trinken oder eine Pfeife zu rauchen. Denn man sieht sich hier selten, eigentlich nur, wenn sie mich zu einem Kranken holen und vielleicht am Sonntag drüben im Dorf. Meine Praxis ist lächerlich klein, und es gibt Wochen, da begegne ich keinem einzigen Menschen.

Beruflichen Ehrgeiz weise ich nicht auf. Ich hasse die großen Städte. Nach dem Tode meiner Frau habe ich meine Bücher hierher in die Heide getragen, wo ich nun schon seit Jahren mein Leben verbringe. Ich züchte Erbsen und chinesische Teerosen, rauche und lese, denke nach und erinnere mich. Wenn es zu einsam wird, ziehe ich mein Fahrrad hervor und sehe ins Dorf hinüber. Dort kann ich mit dem Apotheker Schach spielen oder Skat mit den Bauern im «Weißen Löwen» und auch wieder aufhören, wenn mich einer zu unverschämt übers Ohr haut.

Heute kommen sie alle zu mir, spucken auf die Gemüsebeete,

streicheln die Katze und sprechen über die neue Quelle, wobei sie die Daumen in die Westenausschnitte hängen und ungeheuer bieder, mit vorgerecktem Bauch, ihre Ansicht zum besten geben. Weder diese noch die meine rechtfertigen irgendwelches Schrifttum, das weiß ich. Es wäre ebenso unnötig, sich über den Tod des Robin Guiscard wie über meine Quelle verbreitern zu wollen. Was den ersten betrifft, so steht seine Geschichte mit zwei Sätzen in meinem Journal, und was die zweite anlangt, so hat mittlerweile jemand den Bürgermeister verständigt, der dieser topographischen Veränderung des Heidebildes schon gerecht werden wird. Der eine wie der andere Vorfall sind, voneinander unabhängig betrachtet, einer Beschreibung nicht wert. Was mich dennoch veranlaßt, mit einer solchen zu beginnen, ist das seltsame Zusammentreffen beider, ihre unheimliche Chronologie, die tiefe Beziehung des einen zu dem anderen, die sich hier offenbarte und die als durch Zufall zustande gekommen zu glauben ich mich weigere. Denn es ist meine Überzeugung, daß die Quelle nur aufbrach, weil ich den Toten über ihr bestattete, und daß sie nicht aufgebrochen wäre, wenn ein anderer in Robin Guiscards Grab läge.

Diesen Zusammenhang eben, diese beiden Begebenheiten, die ja in Wahrheit nur eine einzige sich vollendende und dennoch unvollendet bleibende Begebenheit waren, diese zu schildern, erscheint mir wert.

Der Tod eines Typhuskranken und die Geburt einer Quelle: sie sind für mich, der ich diese Geschichte schreibe, nur zwei Stationen am Rande eines Weges, der um die ganze Erde geht und niemals endet.

Der Fremde kam an einem Abend im August, zur Zeit des Sonnenunterganges. Die Ebene lag in goldenes Licht getaucht, rot und strahlend wölbte sich der Himmel über der Heide, und in der Ferne trieb ein Schäfer seine Herde heim.

Ich arbeitete im Garten, und als ich von den Gemüsebeeten aufsah, um nach einem Setzholz zu greifen, das an einer Astgabel hing, erblickte ich ihn. Er kam auf dem Feldweg. Die Sonne, die hinter ihm versank, ließ seine Gestalt zur Silhouette werden. Er war groß, doch er ging gebückt und schwankend, und man gewann den Eindruck, sein Gehen sei nur ein beständig verhindertes Fallen. Von starker Mattigkeit erfaßt und unter dem Eindruck eines Schwindelgefühls, das schon an Gleichgewichtsstörung zu grenzen schien, setzte der Fremde mühsam Fuß auf Fuß.

Kleine vergnügte Tiere summten im Gras, der Geruch der warmen Erde erfüllte die Luft, es war Sommer, tiefer Sommer. An den Horizonten flimmerte die Luft. Ich legte mein Werkzeug zu Boden und öffnete die grüne Holztür des Gartens, um dem Fremden entgegenzugehen und ihn zu stützen. Wie zum Gruß hob der mittlerweile Nähergekommene eine Hand gegen die Brust. Diese zusätzliche Beanspruchung seiner erschöpften Sehnen bewirkte es wahrscheinlich, daß er über einen Feldstein strauchelte, noch ein oder zwei verlorene Schritte vorwärts tat und endlich schwer zu Boden stürzte, wo er reglos liegen blieb. Ich eilte zu ihm. Er lag seitlich, das Gesicht nach oben gewendet, mit geschlossenen Augen. Aus seiner Nase floß ein wenig Blut.

Er war ohnmächtig.

Nachdem ich mich vergeblich bemüht hatte, ihn aufzuheben, verließ ich ihn, um Wasser in einem Glas zu holen. Als ich wiederkehrte, war er bereits bei Sinnen. Er trank hastig und bat um mehr. Nach einigen Minuten vermochte er zu gehen, und ich führte ihn langsam durch den Garten ins Haus.

Ich muß das Bewußtsein verloren haben, sagte er bedauernd. Seine Stimme klang tief und gepflegt. Verzeihen Sie die Mühe, die ich Ihnen bereite.

In meinem Ordinationszimmer stand ein breites Lager, dorthin führte ich ihn.

Sie sind sehr erschöpft, sagte ich, nachdem er sich niedergelegt und ein weiteres Mal um Wasser gebeten hatte.

Der Fremde schloß die Augen.

Es ist nur ein Schwindel. Ich wünschte, ich könnte schlafen.

Sein Puls schlug beschleunigt, das Gesicht war gerötet.

Sie können hierbleiben, sagte ich. Er bewegte den Kopf.

Nein, murmelte er, ich kann nicht hierbleiben. Ich bin krank. Ein Arzt wird ...

Ich bin ein Arzt, sagte ich mich erhebend. Der einzige der Gegend. Bleiben Sie bei mir. Die Sonne war untergegangen, und das Laub der Bäume schleifte in einem jäh erwachten Windstoß an den Fenstern. Schwarze Wolken verdunkelten den roten Horizont des Westens. Ein Gewitter war im Anzug.

Ich verließ das Zimmer, um dem Kranken ein Lager zu bereiten, und als ich es wieder betrat, hatte er sich ein wenig erholt.

Ein Botticelli, nicht wahr, meinte er, mit dem Kinn nach einem Bild an der gegenüberliegenden Wand weisend. Es war die Madonna mit dem Buche. Ich sagte es ihm.

Belebung der Masse durch die Belebung der Linie ... Er wurde lebhafter. Das Interesse an perspektivischer Anschauung geht verloren, dozierte er.

Immerhin, sagte ich, getrieben von Eitelkeit, gab es noch andere, die derart arbeiteten, Baldovinetti etwa, Verrocchio oder Pollajuolo. Sie alle besaßen eine ausgesprochene Vorliebe für den Ausdruckswert der Linie.

Pollajuolo war ein Bildhauer, entgegnete er nachsichtig. Botticelli schuf sich einen eigenen Stil durch dieses Spiel fließender Falten und seine schmalen, durchgeistigten Gestalten. Er hielt als einer der letzten an dem strengen zeichnerischen Stil des Quattrocento fest.

Sie sind ein Maler? vermutete ich albern.

Ich wünschte, ich wäre einer, antwortete er und vollendete, müder werdend, seine Erklärung, indem er hinzufügte, daß sich aus diesem frühen Quattrocento eine neue Geschmacksrichtung entwickelt habe, die eine andere Auffassung von Menschen und Welt voraussetzte und in sich barg.

Masaccio ... sagte ich.

Er winkte mit der Hand.

Masaccio war ein Genie. Diese neue Auffassung ist weniger stolz und herrisch, weniger heiter und weniger fest in Regeln. Sie ist dafür aber nachdenklicher, sagte er, zweifelsvoller und schmerzlicher, wodurch sie menschlicher wird.

Er stöhnte und legte sich zurück.

O Gott, sagte er, ist mir elend. Kann ich noch etwas Wasser bekommen?

Ich reichte es ihm.

Jedes einzelne Glied, erwiderte er auf meine Frage, schmerze ihn. Der Kopf, die Lenden, die Hände, alles.

Ihr Bett ist bereitet, sagte ich. Sie können sogleich schlafen gehen.

Schlafen ... sprach er mir nach. O ja, ich will schlafen, lange und tief. Er erhob sich, legte den Kopf, von heftigen Schwindeln gepackt, nochmals zurück und ging danach mit meiner Hilfe zu seinem Lager hinüber, wo er sich zu entkleiden begann. Sich zu den Schuhen zu bücken vermochte er nicht. Ich nahm sie ihm von den Füßen. Die Frische seiner Erklärungen über Botticelli war vergangen. Jetzt erfüllte ihn allein noch eine hinfällige Verzweiflung über seinen unbestimmten Schmerzen unterworfenen Zustand. Es war dunkel geworden. In Abständen zuckte eine allgemeine Art von Blitzen über den Himmel, denen jedoch kein Donner folgte.

Ich entzündete eine Kerze, und er schloß mit einem leisen Ausruf die schmerzenden Augen. Liegend bat er von neuem um Wasser. Seine Körpertemperatur, die ich maß, wies 37,8 Grad auf. Dies war merkwürdig. Der beschleunigte Puls und die hektisch geröteten Wangen hatten mich Fieber erwarten lassen.

Ich fragte ihn, ob er Hunger empfand. Mit einer Gebärde des Ekels wehrte er ab. Nein, nicht essen. Der Gedanke widerte ihn an. Nur schlafen wollte er, schlafen.

Auf seinen Wunsch öffnete ich die Fenster, die dem Winde abgelegen waren, denn er liebte es, wie er sagte, das Rauschen des Regens zu hören, der inzwischen schon niederzuströmen begonnen hatte. Das Gewitter stand über der Heide. Seine Blitze und krachenden Donnerschläge, das gehetzte Keuchen des Nachtwinds und das Trommeln der Tropfen schienen dem Fremden Ruhe und Entspannung zu bringen. Indem ich sagte, daß er mich jederzeit rufen könne, falls er irgend etwas benötige, löschte ich das neben dem bereits oberflächlich Schlummernden stehende Kerzenlicht aus und verließ ihn. Danach verschloß ich Türen und Fenster des Hauses vor dem tobenden Wetter und bereitete mein Abendbrot.

Dieses Unwetter übrigens bildete für unsere Gegend eine meteorologische Merkwürdigkeit: es verlor schon bald seinen Gewittercharakter und sein Sturm verging, doch der Regen strömte fort, mit der gleichen rauschenden Unerschöpflichkeit. Es regnete durch Tage, es regnete durch Nächte, es regnete, bis hinter den grauen Schleiern fallender Tropfen die Landschaft verging. Bald bildeten sich Seen, und der Heideboden wurde weich und morastig. Die Wege standen unter Wasser. Große Mengen Erdreichs gerieten in zögernde Bewegung und lagerten sich, porös und angeschwemmt, an den bescheidenen Hügelwellen ab. Viele Tiere ertranken, Pflanzen und Gesträuch wurden fortgespült. Und der Regen strömte weiter, durch Tage, durch Nächte, eine Woche und zwei Tage lang. Als die Wolken sich lichteten und die ersten Vögel über den Schlamm und die niederen Hütten wegflogen, lag Robin Guiscard im Sterben. Als die Sonne aus einem tiefblauen Himmel wieder ihre Strahlen vergoß und der Sommer von neuem erglühte, war Robin Guiscard tot.

An jenem ersten Abend jedoch schien es, als zöge nur einer jener ebenso heftigen wie kurzen Wolkenbrüche vorbei, wie sie hier zu dieser Zeit des Jahres häufig sind. Ich gedachte, den Kranken, dessen Symptome einer eindeutigen Diagnose noch nicht entsprachen, bis zu seiner Genesung bei mir zu behalten und ihn selbst zu pflegen. Das einzige Krankenhaus des Distriktes befindet sich in der Kreisstadt. Der Weg dorthin hätte eine halbe Tagereise im Wagen bedeutet, und ich besaß nicht einmal einen solchen.

Gegen zwölf Uhr nachts – ich hatte noch gelesen und der unangenehmen Kälte wegen eben beschlossen, zu Bett zu gehen – schien mir aus dem Zimmer des Fremden ein Geräusch zu dringen. Mit der Lampe ging ich noch einmal zu ihm hinüber. Ich fand ihn aufrecht sitzend, die Decken abgestreift, heftig atmend. Das wirre Haar hing ihm in die bleiche Stirn, von welcher der Schweiß rann. Die Augen waren unnatürlich weit geöffnet, über der Brust, zu der er die Hände erhoben hatte, stand das Hemd offen. Der ganze Körper war in einem heftigen Frostanfall befangen, die Zähne schlugen wirbelnd gegeneinander.

Wasser, sagte er mühsam, Wasser.

Es gelang mir, ihn wieder zu bedecken und etwas zu beruhigen. Das Thermometer zeigte eine Körpertemperatur von vierzig Graden. Der Puls raste. Ich zählte an die hundertdreißig Schläge im Laufe einer Minute.

Ein Blick auf die Haut der Brust und des Bauches genügte, um Gewißheit zu haben. Einzelne rote Flecken, etwa von Linsengröße, die durch Fingerdruck zwar entfernbar waren, jedoch zugleich wiederkehrten, machten die Diagnose leicht.

Ich muß mich nun bemühen, einen Umstand klarzustellen, der den Schlüssel zum Verständnis gibt für die vielleicht zufällige, um nicht zu sagen hilflos probierende Art der Behandlung, die ich, zudem erfolglos, nun anwandte. Denn diese Krankheit, die wir Typhus nennen, ist durch die Diagnose noch nicht eindeutig bestimmt. Eine, die wichtigste, Frage ist unbeantwortet geblieben und bleibt es weiter bis zu einem Zeitpunkt, da wir nichts mehr vermögen. Bis zu diesem aber wenden wir die Methoden und die Mittel unserer Wissenschaft tastend, aufs Geratewohl gleichsam, an, um uns nicht Vorwürfe machen zu müssen, in Einbeziehung der Möglichkeit sozusagen, daß sie von irgendwelcher Hilfe sein könnten. Denn die letzte, die wichtigste Frage gibt sich uns erst im Augenblick der Krisis zu erkennen, die Frage nämlich, ob diese Erkrankung eine zufällige sei, gegen die der Körper, von uns unterstützt, seinen Widerstand erfolgreich organisieren und sie bezwingen kann, oder ob sie nicht nur das Gewand, die Verkleidung für die Auflösung und das Sich-Ergeben in die Gewalt des Todes bedeutet, gegen die kein Arzt etwas vermag; ob die Seele des Kranken, in ihren bunten Fieberträumen zutiefst noch mit dem gelebten Leben verbunden, den Willen bezeigt, dieses weiterzuführen, oder ob sie, von Abneigung und Resignation gegen dieses bestimmt, jenen anderen Weg zu gehen wünscht, an den die Krisis der dritten Woche sie stellt, jenen des Todes. Äußerste Sauberkeit, Arzneien und Diäten mit Rücksicht auf den Magen und die wunden Gedärme, sie vermögen, gleichwohl in ihrer Gesamtheit versucht, diesen Entschluß des Kranken nicht zu korrigieren, wenn er sich entschieden hat, sterben zu wollen.

Daß Robin Guiscard sterben würde, war klar, noch ehe er verfiel. Seine Fieberreden, deren Zeuge ich war, beseitigten jeden Zweifel. Die Kräfte des Widerstandes, die in ihm waren, die seelischen Kräfte sind diesmal gemeint, verbrauchte er im Stadium der Vorbereitung, im Kampf gegen das Fieber, die Mattigkeit und dem um die Klarheit seiner Erzählung, die weniger seine eigene als die seiner Liebe war. Dies alles beanspruchte ihn ungemein. Im Zeitpunkt der Entscheidung, da er mit aufgetriebenem Unterleib reglos auf dem Rücken lag, den Atem verunreinigt durch eine Zähne und Zunge bedeckende schwärzliche Masse, da sein Puls nur noch zuckend dahinjagte und die Wangen bläulich glänzten, in diesem Zeitpunkt mangelte ihm die Zuversicht in jenes Leben, das er vor sich Revue passieren ließ, er bezweifelte, daß es ihn glücklich zu machen verstand, und setzte seine Hoffnung ganz auf jenen neuen Bekannten, der, weniger schillernd und wortkarger als das Leben zwar, ohne Versprechungen zu geben, doch voll des ruhigen Bewußtseins der eigenen Stärke, zu warten verstand, der Tod.

Diesen zu unterstützen, wandte er sich vom Leben ab und überdachte bereits neue Pläne zur Vollendung seiner Sehnsucht in einer anderen Welt. Doch um dies zu verstehen, muß man wissen, was ihn bewegte.

Ich erfuhr es von dem Fiebernden im Verlauf dieser Tage und Nächte, während welcher der Regen unaufhörlich strömte, aus Träumen, Meditationen und dem immerwährenden Anruf eines Namens, den er zum erstenmal nannte, als ich ihn fiebernd fand: Maria.

Ehe ich fortfahre, die Ereignisse folgender Tage zu schildern, scheint es mir richtig, einiges über Robin Guiscards Aussehen zu sagen, da gerade dieses bald einer unheimlichen Wandlung unterlag und nicht mehr das seine zu nennen war. Fieber, Schmerzen und Ekel förderten den Verfall, der Zustand des Körpers in seiner schlaffen Hilflosigkeit nahm schließlich etwas Widerwärtiges an, das zuweilen im grellsten Gegensatz zu den Fieberreden stand, die der Kranke führte.

Robin Guiscard machte den Eindruck eines Menschen, der sich wissentlich vernachlässigte. Nicht soweit, daß dies unangenehm bemerkbar wurde, aber doch jedermann deutlich sichtbar. Man konnte sich vorstellen, daß seine Wohnung jene typische Unordnung aufwies, wie man sie bei Menschen antrifft, die es ihr Leben lang gewohnt sind, daß Dienstboten sich um sie kümmern. Sein Haar war um eine Spur zu lang, seine Hände, von denen man übrigens ohne Schwierigkeiten auf seinen Beruf schließen konnte, waren eher unsauber und wiesen gewisse Stellen an den Nagelkuppen auf, und wenn schon seine Haut rein und glatt war, so sah man doch sogleich, daß er auf ihre Pflege keine Zeit verwandte. In seiner Kleidung fand man die gleiche Note wieder. Ihre Wirkung war die einer saloppen Eleganz, die ihn möglicherweise am besten kleidete. Sein Anzug, dessen Bügelfalten noch erkennbar, jedoch durchaus schon in Verfall begriffen waren, saß nicht zu gut an seiner großen Gestalt, wodurch sonderbarerweise jedoch der Eindruck einer legeren Überlegenheit entstand. Er trug keine Krawatte, an seinem Hemd war der erste Knopf geöffnet, und, unter glücklicher Vermeidung des gräßlichen Schillerkragens, zeigte es seinen Hals in jungenhafter Nonchalance.

Was sein Gesicht betrifft, so entbehrte es ziemlich jeder Symmetrie und wurde eben dadurch anziehend. Die zu große, schmale Nase lief an der Wurzel in dichte schwarze Brauen aus, von denen die linke beständig etwas höhergezogen war. Die Backenknochen, die Wangen und der große, schmale Mund, der noch im Schatten der Nase lag, vermittelten seinem Gesicht eine gewisse Ähnlichkeit mit dem eines Pferdes. Es existiert ein Bleistift-Porträt des Dichters O'Flaherty, an das ich sogleich erinnert wurde. Einzig die Augen störten in diesem Gesamteindruck. Sie waren länglich, braun und von einer unbestimmbaren Schwermut erfüllt, die schlecht zu der ironisch gehobenen Braue paßte. Ich kann mir vorstellen, daß Guiscard sogar hübsch war, wenn er lachte, denn er hatte große, gesunde Zähne. Ich sage, ich kann es mir vorstellen, denn tatsächlich lachte er bis zu seinem Tode nicht ein einziges Mal, wenngleich er in seinen Delirien lächelte. Aber das war nicht mehr hübsch, denn seine weißen Zähne waren zu dieser Zeit schon von jener ominösen schwärzlichen Masse bedeckt, die den Atem verpestete und mit Leinenfleckchen zu entfernen war. Sein Haar war braun, er trug es zurückgekämmt und locker, im Schlaf verwirrte es sich völlig, so daß er stets, wenn er erwachte, aussah wie der Figaro aus dem «Tollen Tag» von Beaumarchais.

Ungewöhnlich war an seinem Gesicht ein tiefeingegrabenes, paralleles Faltenpaar, das, von der Nasenwurzel ausgehend, steil aufwärts verlief und eine kleine, wulstige Hautfalte entstehen ließ. Diese in seine Stirne gegrabene Rune trotzte der ganzen Progression des Verfalls, dem sein Körper unterlag. Zu einer Zeit, da sein Gesicht schon kaum mehr das seine zu nennen war, stand diese Falte unbeweglich und scharf über den blau-weißen Wangen und der grotesk spitzen Nase. Sie konservierte sich über alle Zersetzung hinaus. Sie erhielt sich bis zu Robin Guiscards Tod.

Die Tage, die jener Nacht des ersten Schüttelfrostes folgten, brachten die zu erwartenden Symptome. Die Temperatur hielt sich konstant, ebenso das starke Schlafbedürfnis, wobei der Schlaf jedoch bei aller Müdigkeit unruhig und von Albträumen erfüllt ohne Erleichterung verging, und schließlich auch die krasse Aversion gegen jede Art von Nahrungsaufnahme. Die Schmerzen dauerten weiter an. Der von Schwindel erfüllte Dämmerzustand des Gehirns vertiefte sich. Seine Ohren waren schließlich dermaßen von brausendem Lärm betäubt, daß er unter Schwerhörigkeit zu leiden begann.

Das Gesicht veränderte sich. Sein Ausdruck wurde dumm. Die Augen blickten stumpf, aus einem verfinsterten Bewußtsein heraus, der Mund stand offen. Die roten Flecken mehrten sich ... Ich erwähne weniger des Interesses als der Vollständigkeit wegen, daß ich in diesen Tagen selbstverständlich alles daransetzte, der Krankheit Herr zu werden. Da ich allein war, lag die ganze Behandlung Guiscards in meinen Händen, alles, bis zum Wechseln der Bettwäsche, dem Anrichten von Bädern und der Bereitung einer leichten Diät, die gleichzeitig schonend und kräftig zu sein hatte.

Am Abend des fünften Tages – es regnete noch immer – erfüllte Robin Guiscard zum ersten Male das Zimmer mit seinen Meditationen und Irreden.

Wann geht der nächste Zug nach Paris, Fräulein? fragte er in jener halb jovialen, halb herrischen Art, die er bisher wahrscheinlich den Verkäuferinnen in Fahrkartenstellen bewiesen hatte. Er lag auf dem Rücken und sah mich gespannt an, während er wartete. Seine Lippen zitterten leicht. Endlich wiederholte er den Satz. Ich versuchte ihn zu beruhigen, doch er beharrte eigensinnig auf einer Information. Um 22 Uhr 30, sagte ich schließlich aufs Geratewohl, und er traf Anstalten, sich aufzurichten.

Ich muß gehen, murmelte er, die Decken abstreifend, schnell, schnell, es ist keine Zeit zu verlieren ...

Wir kämpften ein wenig, dann gelang es mir, ihn auf das Lager zurückzudrücken. Er bewegte sich heftig.

So lassen Sie mich gehen, schrie er heiser. Zum Teufel, ich sage Ihnen doch, daß ich nach Paris muß!

Sie müssen gesund werden. Was wollen Sie denn in Paris?

Mein Gott, was ich will... Seine Hand zitterte auf der Bettdecke. Maria spielt, flüsterte er. Verstehen Sie mich? Verstehen Sie mich?

Gewiß, sagte ich, verstehe ich Sie.

Wie könnten Sie, rief er. Ach, wie könnten Sie verstehen? Sie kennen Maria nicht, nein. Sie werden es nicht begreifen. Aber ich, ich muß einfach in Paris sein, wenn sie spielt, ich muß sie hören. Er schwieg einen Augenblick und betrachtete seine schrecklich zitternde Hand.

Sagen Sie mir die Wahrheit, bat er. Ich bin sehr krank - ja?

Ja, sagte ich.

Wann... fragte er. Wie lange, glauben Sie, daß... warten Sie, unterbrach er sich selbst, den wievielten haben wir heute?

Irgend etwas veranlaßte mich, zu lügen. Wir hätten, antwortete ich, den Siebzehnten. Tatsächlich schrieb man an diesem Tag den einundzwanzigsten August. Als ich das Datum nannte, lächelte er leicht.

Den Siebzehnten, wiederholte er. Ach, das ist schön. Maria spielt am Vierundzwanzigsten. Glauben Sie, daß ich bis dahin werde reisen können?

Wieder log ich. Er beruhigte sich.

Sie sind gut, sagte er. Kommen Sie zu mir, ich will Ihnen von Maria erzählen. Ich setzte mich an sein Bett. Bald, dachte ich, würde er eingeschlafen sein. Aber er schlief nicht ein. Vor den Fenstern verströmte der Regen in die Dunkelheit, sein Rauschen und Guiscards Stimme allein durchdrangen die Stille. An diesem Abend erzählte er zum erstenmal von ihr. Er begann am Anfang seiner Geschichte, der weit, weit zurücklag. Doch er beendete seine Geschichte an diesem Abend nicht, er vermochte mir nur ein kleines Stück zu erzählen, bevor ihn von neuem die Kraft verließ. Und auch in allen folgenden Tagen und Nächten, in denen er, verfallender und schwächer, delirierend und dann für seltene Stunden wieder bei Bewußtsein, mir weitererzählte, vermochte er sie nicht zu vollenden. Er hätte ewig von Maria sprechen können, denn seine Liebe war unendlich.

Unchronologisch, indem er sich wiederholte oder stundenlang

festhielt an einer beglückenden Episode, indem er Namen und Geschehnisse erwähnte, die mich verwirrten, erfüllte ihn die Erinnerung an sein vergangenes Leben, erfüllte ihn ganz. Mit dem Fortschreiten der Krankheit wurde er schwächer, führte Gespräche mit Menschen, die ich nicht verstand, sah sich vereint mit Maria und phantasierte weiter von seiner Liebe.

Ich mag diese Geschichte nicht so wiedergeben, wie ich sie erfuhr. Ich will versuchen, seine Geschichte so zu erzählen, wie ich sie bei seinem Tode kannte. Gewiß wäre es wirkungsvoller, eine andere, beispielsweise dramatische Form der Wiedergabe zu wählen, doch verzichte ich auf eine solche nicht allein deshalb, weil sie mein Vermögen übersteigt. Ich schreibe, um einen seltsamen Zusammenhang zu beleuchten und mir selbst überzeugend zu gestalten, denn die Geschichte Robin Guiscards berührt auch mich. Deshalb will ich bemüht sein, alles was ich erfuhr, so klar wie möglich niederzulegen, wennschon es sicherlich dankbarer wäre, eine andere, blendendere Art des Berichtes zu versuchen. Aber die Wahrheit liegt in der einfacheren klarer zu Tage, und wir haben, sagt Flaubert, nicht blendend, sondern wahrhaftig zu sein.

Einmal, vor langer Zeit, las Robin Guiscard ein Gedicht. Es war «Das Mädchen aus der Fremde». Er konnte es nicht vergessen. Denn einst, in einem jungen Jahr, das schon weit draußen lag im Sandmeer der Zeit, lebte er selbst in einem Tal bei armen Hirten – um zu malen. Dorthin kam dann im Frühling, als die Lerchen schwirrten, ein Mädchen, fremd und wunderbar. In einer mondlosen Nacht vernahm er ihre Geige und machte sich auf, sie zu suchen.

Das alles erscheint ein wenig überkommen und romantisch. Aber eben dies war seine Liebe – sie war nicht glücklich, doch trotz aller Verfehltheit hing ein Hauch von Romantik an ihr. Ist es nicht seltsam, daß Robin Guiscard, krank und fiebernd, kaum mehr Herr seiner Körpers und seiner Funktionen, sich für die Extravaganz einer Geige, die durch eine dunkle Nacht sang, entschuldigen zu müssen meinte? Daß er das Wort, welches das Urelement seines Lebens bezeichnete, das Wort Sehnsucht nämlich, nur schamvoll über die Lippen brachte? Jenes Wort, das man früher allerorten bis zum Überdruß vernahm und das nun seit einiger Zeit aus unserem Sprachschatz verschwunden zu sein scheint? Das Mädchen, das in jener Nacht Beethovens Romanze in F-Dur spielte, was Maria. Robin Guiscard stand unter ihrem Fenster und lauschte. Als sie zu Ende war, ging er heim.

Am nächsten Tag kam ihm auf der Dorfstraße eine junge Frau entgegen, und er wußte sogleich, daß sie es war. Er sprach sie an.

Eben so, erklärte er der Erstaunten, wie er sie nun vor sich fände, habe er sie sich des Nachts erträumt, da sie die Geige spielte. Er nannte seinen Namen, erfuhr den ihren, bat um die Erlaubnis, sie begleiten zu dürfen, erhielt sie und ging glücklich an ihrer Seite zum Kaufmann, wo er mit tiefer Anteilnahme der Erwerbung von Käse, Zucker und Brot beiwohnte. Dieser Vormittag, an dem er, ein Marktnetz in der Hand, neben Maria im Licht der jungen Sonne über die Felder und krummen Wege des Dorfes ging, an eben erwachten Gärten und blühenden Sträuchern vorbei, war die erste in der Reihe jener Erinnerungen, die ihn bis zur Stunde seines Todes begleiteten. Aneinandergereiht wie die Perlen einer köstlichen Kette, bildeten sie den Schatz seines Lebens, den er nie verlor. Sie nahmen nicht ab an Glanz in den Fieberträumen und der bleiernen Betäubung, die sich mit dem Kommen neuer Tage vertieften, sie bestanden in der Unreinlichkeit und dem Ekel der zweiten Woche, sie bestanden. Am achten Tage, den Guiscard in meinem Hause verbrachte – noch immer strömte der Regen auf die verschlammten Wiesen –, erreichte die Temperatur seines Körpers einundvierzig Grade. Zusammengesunken lag er im Bett, die Augenlider waren halb geschlossen, die Wangen hatten begonnen, sich bläulich zu färben, und die Erinnerung war seine Flucht vor den Qualen des Leibes und seiner Schwäche in ein Paradies, aus dem er niemals vertrieben werden konnte.

Ein eifersüchtiger Hüter seines Geheimnisses, verlor Guiscard kein einziges Wort über Marias Erscheinung und bewahrte ihr Bild in seinem Innern als das Kostbarste, das er besaß. Ich vermag mir deshalb von ihr nur Vorstellungen zu machen, die schon deshalb bestimmt verfehlt sind, weil sie mich stets an meine verstorbene Frau gemahnen, oder richtiger, weil sie aus dem Gedanken an diese geboren wurden. Guiscard nahm Marias Bild hinüber in den Tod.

Was nun aber ihr Wesen anlangt, so gewann ich als stärksten Eindruck den einer völligen Reinheit, die aus all ihrem Tun aufleuchtete wie ein Stern. Eben diese völlige Sauberkeit der Seele war, wie mir scheint, jene Eigenschaft, die ihr größte Faszination verlieh. Sie erklärt vielleicht Robin Guiscards Liebe, die, ohne Erfüllung zu finden, das Leben und den Tod überdauerte, jene Liebe, die ihn glücklicher zu machen vermochte als alles andere. In diesem Umstand liegt auch jene Romantik, von der ich sprach. Eine seltene Romantik, die ihre Beziehung bestimmte von dem Tage an, da er ihr sagte, daß er sie liebe. Es gab keinen Konflikt des Gewissens, kein gebrochenes Versprechen, keinen Betrug. Maria erwiderte sogleich, daß sie verheiratet, glücklich verheiratet sei.

Diese Offenheit, die nicht etwa dadurch zustande kam, daß sie Guiscard bewegen wollte, sie zu verlassen, sondern die ihren Ursprung in der völligen Klarheit ihres Wesens nahm, diese Offenheit war es, die jene Romantik brachte, in der ihr Verhältnis seitdem befangen lag. Also bezwungen und indem er erkannte, daß er sie weder verletzen noch verwirren durfte, sah Guiscard das Glück nun nicht mehr darin, sie zu besitzen, sondern darin, sie zu lieben. Es wäre schmutziger Verrat an ihren großen Vorzügen gewesen, in sie zu dringen, um vielleicht Erhörung zu finden. Es stand für ihn fest, daß er sie lieben mußte, ohne sie ratlos zu machen, und es zeigte sich, daß kein Verhalten ihn Maria hätte näher bringen können als eben dieses.

Seines Wesens Unruhe stillte sich an ihr, sie brachte Lachen in seine Tage und Erlösung in seine Nächte, und nur in der Trennung von ihr bezwang ihn von neuem die alte Bewegtheit.

Zur Zeit seines Verfalles, dem ich beiwohnte, war dies deshalb auch seine einzige Begierde: zu ihr zu kommen. Einer leuchtenden Stätte des Friedens glich der Tag ihres Konzertes in dem chaotischen Dunkel seiner Fieberphantasien. Dieser Tag und die Aussicht auf ihn waren es, welche die Kräfte des Widerstandes in ihm wachriefen, sie waren die Federn, die sein Herz bewegten. Als er diesen Tag, den 24. August, an dessen Abend seine Geliebte spielte, dann unerreichbar geworden sah, brach er zusammen. Doch davon will ich später erzählen.

Eines Morgens regnete es nicht mehr. Vögel flogen über dem lehmigen Lande auf, ein kalter Ostwind trocknete die Pfützen, und die Wolken hingen tief. Hastig atmend, mit aufgetriebenem Leib, jagendem, flüchtigem Puls und gespreizten Beinen lag Guiscard hilflos auf seinem Bett. Die roten Flecke auf Bauch und Brust hatten sich weiter vermehrt. Doch noch war der Zeitpunkt der Entscheidung nicht gekommen...

Ebenso wie von Maria kann ich mir auch von ihrem Gatten nur aus eigenem ein Bild entwerfen. Es ist sicher, daß er seiner Frau entsprach, wenngleich auch wahrscheinlich die Liebe zu dieser ihn bewog, sich so zu betragen, wie er sich betrug. Die ungemeine Toleranz beispielsweise, die er durch alle Jahre gegen Guiscard bewies, resultierte gewiß aus seinem nie erschütterten Glauben an ihre grenzenlose Wahrhaftigkeit, die ja auch Guiscards Verhalten bestimmte. Dieses Vertrauen in die Anständigkeit des anderen ermöglichte zwischen diesen drei Menschen ein Verhältnis, das deshalb merkwürdig ist, weil es vorzüglich war, Guiscard vergaß niemals, daß Maria verheiratet war, und ihr Mann erinnerte sich stets daran, daß Guiscard seine Frau ebenso liebte wie er selbst.

Da er die Unsinnigkeit eines gemeinsamen Lebens erkannte, begab sich Robin Guiscard auf Reisen. Er verfügte nur über beschränkte Mittel und lebte beständig wie ein kultivierter Landstreicher. Er malte. Wenn es ihm gelang, eines der Bilder zu verkaufen, dann machte er sich auf die Suche nach einem Geschenk für Maria und übersandte es ihr. Er kam nach Italien, Afrika, dem Balkan, er kam nach England. Er suchte in den Gesichtern aller Frauen die eine, die er nirgends fand. Die Bilder aber, die er malte, zeigten sie allein. In ungezählten Briefen sprach er zu ihr, und Marias Antworten beglückten ihn.

Die Jahre gingen hin. Marias Kinder wurden groß. Sie selbst hatte der Ruhm ereilt. Ihre Konzerte machten sie der Welt bekannt. In Kopenhagen saß er unter den Zuhörern, als sie zum erstenmal die Romanze in F-Dur vor einem großen Publikum spielte.

Ich besitze eine Schallplattenaufnahme des Werkes, und also suchte ich sie hervor und setzte mein altes Grammophon in Gang. Er war glücklich.

Nach jenem Konzert, erzählte er mir, traf er Maria. Sie waren allein. Und dieser Abend bildete eine andere aus der Reihe seiner Erinnerungen, die, aneinandergereiht wie Perlen einer köstlichen Kette, den Schatz seines Lebens bildeten, den er nie verlor. Sie waren allein. Novembernebel verwischte die Spur ihres Weges durch die nächtliche Stadt. Am frühen Morgen ging ihr Zug. Er blieb bei ihr bis zum Augenblick der Abfahrt. Leb wohl, sagte Maria. Es war schön.

Er küßte ihre Hand. Tief, tief in die Schlucht seiner wirren Träume hinein drang das Rollen des Zuges, der daranging, ihm einen neuen Abschied zu bereiten. Er blieb zurück. Bei ihm verweilten ihre letzten Worte.

Ich werde dich immer lieben, sagte er, neben dem unruhigen Wagen gehend, ihre Hand in der seinen. Ich danke dir, erwiderte sie. Ihre Augen hielten ihn fest. Dann schrie eine Sirene in den Morgen hinein wie ein zu Tode getroffenes Tier. Und er war wieder allein.

Seine Seele aber erfüllten tausend Bilder, und er war guten Mutes. Mochten sie nun kommen, die Abende des Herbstes und die Tage ohne Licht – ihm blieb die Erinnerung, die mit dem Fortschreiten der Zeit kostbarer wurde als irgendwelche Wirklichkeit. So weit Maria auch von ihm ging, er war stets unterwegs zu ihr. Sie spielte in Mailand, New York, Madrid... und er traf sie wieder in Paris, Stockholm und Wien. Das Mädchen, das fremd und wunderbar in jenes Tal zu armen Hirten gekommen war, umreiste die Welt, und Paris, Stockholm, Madrid und New York waren dem Manne, der ihr folgte, nur Haltestellen am Rande eines Weges, der um die ganze Erde ging und niemals endete.

Zu Beginn der zweiten Woche seiner Anwesenheit – es war dies etwa die dritte seiner Krankheit – geschah es dann. Da der Sturm sich gelegt hatte und die Wege nicht länger grundlos waren, kam an diesem Tage der Postbote vorüber und brachte einen oder zwei Briefe sowie eine Handvoll Zeitungen und trank, bevor er von neuem sein Rad bestieg, den üblichen Kognak. Als er sich verabschiedet hatte, ging ich zu Robin Guiscard. Er lag reglos, seine Augen waren geschlossen, die lauten Delirien verstummt. Die Schwäche des Körpers hatte ihren Höhepunkt erreicht. Als ich an sein Bett trat, blickte er auf und lächelte schwach. Ich bemerkte, daß seine Zähne verunreinigt waren, und indem ich die Post auf den Tisch neben seinem Bett legte, ging ich hinaus, um eines jener nassen Leinenfleckchen zu holen, die ich zur Reinigung der Mundhöhle verwendete. Zu meiner Bestürzung fand ich Guiscard bei meiner Rückkehr aufrecht sitzend vor. Er hielt eine der Zeitungen in der Hand und schien sehr erregt.

Sehen Sie, sagte er, auf die Titelseite weisend. Seine Finger zitterten. Ich trat zu ihm. Neben dem Leitartikel stand in fetten Lettern etwas über den Rücktritt des Innenministers und weiter unten in ähnlicher Schrift ein Satz etwa wie «Gigantischer Propagandabetrug bei den Neuwahlen». Es war das radikale Organ der Kreisstadt, das Guiscard las. Ich starrte die Schrift an und begriff nicht. Weder das Ausscheiden eines Ministers aus der Regierung noch das korrupte Vorgehen von Parteiführern konnte den Kranken in solcher Weise erregt haben. Ich verstehe nicht, sagte ich langsam, was Sie an diesem Blatte finden. Doch noch während ich sprach, hatte ich es selbst gefunden. Es war eine Notiz in der oberen Ecke des Bogens, eine im wahrsten Sinne alltägliche Notiz, die Aufschluß über das Datum gab. Sie lautete: Montag, 27. August. Und sie war vom Tage zuvor.

Ich nahm dem Schweigenden das Papier aus der Hand und bewegte ihn mühelos, sich wieder zurückzulegen. Er blieb still, und nachdem ich seine Zähne gereinigt hatte, wandte er sich sogleich der Wand zu und schloß von neuem die Augen. Am Rande des Bettes sitzend, sah ich mit einem Gefühl der verzweifelten Hilflosigkeit die Zeitung an, die auf meinen Knien lag.

Montag, 27. August.

Vor drei Tagen hatte Maria in Paris gespielt. Er wußte es nun. Dies war der Augenblick der Entscheidung gewesen, er hatte sich entschieden. Am Dienstag, dem 28. August, begann Robin Guiscard zu sterben.

Unser gemeinsamer Kampf war vergebens gewesen: die endlosen Nächte, die Tage voll Qual, alle Bemühungen des Kranken, alle Versuche des Arztes, vergebens. Von nun an war alles, was noch kam, nur Teil eines einzigen Auflösungsprozesses. Wenn es immerhin noch so lange währte, bis es vorüber war, so liegt der Grund dafür in dem Umstand, daß sein Wunsch zu leben ehedem sehr stark gewesen war und es deshalb einer Weile bedurfte, ihn zu vergessen. Denn dies war, was geschah. Man konnte es deutlich erkennen an der völligen Leidenschaftslosigkeit des Kranken im Ertragen der Schmerzen, der grenzenlosen Unempfindlichkeit, mit der er von nun an, dem Zustand seines Körpers abgewandt, sich in ferne, tiefe Träume zurückzog, aus denen er kaum erwachte. In seinen Phantasien sprach manchmal noch das Leben, jedoch leise, sehr leise nur und ohne Ungeduld. In diesem Rendezvous, das einzuhalten seine Krankheit ihn gehindert hatte, wurde ihm die Verfehltheit seines Wanderlebens und seines Suchens klar und gewährte keinen Trost. Er, der gewohnt war, das Glück in der Sehnsucht zu sehen und nicht in der Erfüllung, begann zu ahnen, daß es die letzte für ihn nicht gab, daß er die erste aber hinübernehmen konnte in den Tod. Da er sich kaum imstande fühlte, Nahrung aufzunehmen, wurde er zusehends schwächer. Seine Delirien verloren an Eindringlichkeit, und wenn er im Fieber sprach, so geschah es lächelnd und verträumt. Seine Worte galten nicht länger mir, er richtete sie an Menschen, die seine Erinnerung erfüllten. Seltsame Dinge besprach er mit ihnen und mit sich selbst, jedoch leidenschaftslos und voll Ergebenheit in ein unabwendbares Schicksal. Die Zeit des Kampfes war zu Ende. Aus einem beharrlichen Ringen um Genesung heraus hatte er, der Erkenntnis eines Augenblicks folgend, sich dem Tod ergeben. Es stand nun fest für ihn, daß er diese teils lächerliche, teils erhabene Affäre Leben genannt, bei weitem zu wichtig genommen hatte. Sie rechtfertigte seine Qualen nicht mehr. Sie besaß nicht die Gabe, ihn glücklich zu machen. Sie stieß ihn ab. Und in ebendemselben Maße zog der Tod ihn an.

Der Tod, der schweigsam und ohne die billigen Verlockungen des Lebens mit verhülltem Antlitz im Schatten gestanden hatte, unsicher fast, ohne zu überreden. Konnte es nicht sein, daß er, schweigsam wie alle Starken, Herr der Gewalten war, die sein Leben verdüsterten? Daß er in ihm den Rechten gefunden hatte, seinen Schmerz zu lindern? Konnte es nicht sein?

So wandte Robin Guiscard sich vom Leben, das ihn verraten hatte, ab und begann, wie voll Erwartung vor einem geheimnisvollen und schönen Erlebnis, zu sterben. Es erfüllten ihn dabei vielleicht Gefühle, wie Kinder sie empfinden, wenn sie vor den verschlossenen Türen des Weihnachtsabends stehen. Wenn er sprach, geschah es versöhnlich. Er erinnerte sich allein noch an beglückende Episoden seiner Vergangenheit. Während Schwäche ihn fast schon lähmte, waren seine jungen Gedanken bei Maria.

Es muß irgendwo in der Welt einen Strom geben und an seinen Ufern irgendwo eine Stelle mit Wiesenstrand und drei schmalen Birken, deren Laub im Winde tanzt. Eines Abends in irgendeinem Frühling war Robin Guiscard hier glücklich. Graue und violette Nebel sanken über die große Stadt in der Ferne, und die kleinen Wellen, die gegen die Kiesel stolperten, waren der einzige Lärm in einer großen Stille. Schleppkähne zogen durch das gelbe Wasser. Maria warf flache runde Steine nach ihnen. Das Haar fiel ihr in die Stirn, sie trug ein blaues Kleid mit einem silbernen Gürtel darum. Das Gras war feucht, und die gelben Blüten des Löwenzahns schlossen sich zu. Es gab da ein Gedicht, das er auf ein Stück Birkenrinde schrieb und ihr schenkte ...

Die Wolken gehen schlafen.
Die Schiffe im Hafen
sind müde wie sie.
Das Licht fällt ins Wasser
und endet in blasser
Melancholie ...

Robin Guiscard erzählte von seiner Liebe, und Maria legte einen Arm um ihn und hörte zu.

Maria, hörst du mich, liebe kleine Maria?

Hörte sie ihn? Das Fieber fiel plötzlich ab, der Puls ging stärker, einmal verlangte der Patient zu essen. An diesem Tage bat er mich, ihm seine Brieftasche zu reichen. Ich verließ das Zimmer, als ich sah, daß es ihm peinlich war, ihren Inhalt vor mir auszubreiten. Später am Tage übergab er mir ein kleines Paket, bestehend aus Briefen und einigen Bildern, und bat mich, es sogleich zu verbrennen. Wir sahen beide zu, wie es vor dem Kamin zu Asche wurde. Das Papier brannte schlecht, und ich fachte das Feuer mit einem Schüreisen an. Kleine bläuliche Flammen verkohlten die Seiten. Manche von ihnen wurden gespenstisch lebendig, rollten sich zusammen oder sprangen ein wenig in die Höhe. Schließlich war es vorbei. Ich schob die schwarzen Reste unter den Rost.

Danke, sagte Guiscard. Es klang, als empfände er Genugtuung darüber, auf so nachdrückliche Weise dafür gesorgt zu haben, daß nichts von seiner Liebe zurückblieb, wenn er selbst nicht mehr war. Indem er das Gesicht der Wand zukehrte – die charakteristische Bewegung seiner letzten Tage –, verfiel er von neuem dem Schlaf und war bald wieder bei ihr, bei Maria, irgendwo, irgendwo in der Welt.

Die Besserung erwies sich als nur scheinbar, der nächste Tag schon brachte weiteren Verfall und neue Träume.

Irgendwo in der Welt gibt es eine Wiese, in einem alten Park vielleicht, aus seinen Alleen lachen Satyre, und griechische Göttinnen tragen Kränze und Leiern aus Stein. Wenn die Blätter fallen und Herbstzeitlosen aus dem Boden steigen, kann man hier sitzen, sich an den Händen halten und sehen, wie Rehe an der Quelle trinken und die Wolken ziehen. Hier kann man die Geliebte zeichnen, wenn sie, müde von Konzerten und Proben, mit verlorenem Lächeln schläft. Man kann hier ausruhen und an die Zukunft denken, ohne traurig zu werden. Das Holz der kleinen Brücke, die über den Tümpel führt, ist verrottet und zur Wohnung zutraulicher Vögel geworden. Man kann deshalb die Freundin über glatte Lauchwiesen tragen, die dem Schritt nachgeben mit glucksenden Tönen, und ihre Arme dabei um den Hals spüren und den Duft ihres Haars. Und man kann von der Höhe des Waldes herab mit ihr in die Niederungen laufen, lachend und glücklich, Hand in Hand. Denkst du noch daran, Maria? Mein Gott, denkst du noch daran?

Ein erstickender Hustenreiz quälte den Kranken nun, matt rang er nach Luft, ergeben preßte er das Gesicht in die Kissen. Draußen war die Wolkendecke aufgerissen, eilende Schatten huschten über die Erde. Für Minuten leuchtete die Sonne auf. Robin Guiscard lag im Sterben.

Er lag mit Maria unter blühenden Apfelbäumen und sah in den Himmel. Kniehoch stand das Gras. Wie viele Blüten wirft der Wind von den Zweigen. Das Gesicht der Geliebten ist von ihnen bedeckt. Ein rosiges Blatt liegt auf dem Mund. Darf man es küssen? Wie jung war die Welt... Marias Stimme verwehte im Wind, da sie sang, aber er hörte sie. Und er hörte sie jetzt. Sie drang zu ihm, und ihr Lied war eine andere aus der Reihe jener Erinnerungen, die, aneinandergereiht wie Perlen einer köstlichen Kette, den Schatz seines Lebens bildeten, den er nie verlor.

Die letzte Nacht verbrachte der Kranke fast reglos, von todähnlichem Schlaf umfangen, kaum atmend, in tiefer Ohnmacht. Gegen zwei Uhr morgens – als direkte Folge einer Injektion – kam er etwas zu sich, und mit dem wiederkehrenden Bewußtsein kehrte auch die Erinnerung zurück. Bunt und verwirrend stürzte noch einmal das Leben auf ihn ein. Er rief nach seiner Geliebten, doch sein Rufen war nicht mehr eines trotziger Verzweiflung, man konnte annehmen, daß er sich ihr sehr nahe glaubte, denn seine Stimme klang friedlich. So, zwischen Traum und Tod, beglückte ihn zum letztenmal sein Schatz. Gestalten waren da und Stimmen, Marias Stimme, rein wie das Spiel ihrer Geige. Eine Berghütte war da, begraben in funkelndem Schnee, der Sturm umheulte ihre Mauern, und sie tranken Tee aus einer einzigen Schale.

Da war ein Abend in London, ein Nachtomnibus mit hohem Aufbau und Lichtern, die im Nebel schwammen.

Gib mir die Hand... man hält uns für ein jungverheiratetes Ehepaar... Wie geht es deinem Mann? Meine Bilder sind schlecht, weil ich immer nur dich malen will... Spaß... Ich werde dich immer lieben. Nein, ich muß fort. Ich verreise... nach Griechenland. Du bist überanstrengt, komm, ruh dich aus... Wir waren bei den Karussellen, dein Junge und ich... eine Wette... wer eher schwindlig würde... ich habe verloren...

Mit Tagesanbruch verließ ihn das Leben. Er hatte zuletzt von der Romanze gesprochen, und ich spielte die Platte im Nebenzimmer. Die Melodie drang zu ihm. Mit geschlossenen Augen, den befleckten Mund zu einem Lächeln verzogen, lauschte er. Plötzlich hob er sich leicht aus dem Kissen empor und sagte mit deutlicher Stimme: Ja. Nur dieses eine Wort. Es war, als antworte er einem Ruf. Dann sank er zurück, atmete noch einmal tief und starb, indem er das Gesicht wieder der Wand zukehrte. Ich stand vor seinem Lager und löschte die Lampe aus. Die Nacht war vollendet. Durch das Fenster trafen den Toten die ersten Strahlen der aufgehenden Sonne. Die Platte war abgelaufen. In die Stille des Raums tönte das rhythmische Schlagen der Nadel, die gegen einen Sprung der kreisenden Folie stieß ...

Vor ein paar Tagen ist in meinem Haus, hier in der Heide, ein Mensch gestorben. Ich kannte ihn nicht, nie zuvor war er mir begegnet, und aus seinem Leben erfuhr ich nur, was er im Fieber erzählte, denn er kam schon als Kranker zu mir. Ich pflegte ihn, doch es gelang mir nicht, ihn zu retten. Gestern habe ich ihn begraben. Er liegt unter einem Hügel, der sich aus der Ebene erhebt und der bewachsen ist mit Farren, Anemonen und Rispengras. Unterhalb des Grabes durchbrach in der vergangenen Nacht eine Quelle die Erde und ergießt sich nun, sprudelnd und eilig, in die Heide hinein.

Ist es nicht denkbar, daß Robin Guiscards Seele, hinabgetaucht in das Chaos des Hades, auf der anderen Seite des Todes als Quelle erschien, um so, nachgebend einer übergroßen Bewegtheit, der Geliebten weiter zu folgen als eilendes Wasser?

Waldemars Vater sagte, die Regentonne stehe zu nahe am Haus. Man müsse sie weiter in die Wiese tragen. Er sagte es nicht zum Spaß, er hatte zweifellos seine Gründe. Es fiel deshalb auch niemandem ein, gegen seine Ansicht Stellung zu nehmen. Der Gärtner kam, und gemeinsam mit ihm trug Waldemars Vater das große Faß auf den Rasen hinaus.

Waldemar selbst saß, den Vorgang kritisch betrachtend, auf den Staketen des Gartenzauns und rieb dazu die Zehen des einen Fußes an der Ferse des anderen.

Der Gärtner ließ ein kleines Geräusch der Erleichterung lautwerden, als sie die Tonne niedersetzten, er produzierte es mit Lippen und Zunge, es klang, als entkorke er eine Flasche. Im selben Augenblick kam Waldemar ein Gedanke.

Ehe wir fortfahren, wäre einiges über die Wiese zu sagen.

Ihr Gras wuchs wild und lang, und blaue, gelbe und weiße Blumen, von denen es mehr gab, als man zählen konnte, selbst wenn man zweimal so alt wie Waldemar war, leuchteten in der Sonne.

Wenn der Wind wehte, entstanden richtige Wellen, und die Wiese war, abgesehen von Löwenzahn, Salbei und Kamille, die sich in ihrer Buntheit maritimen Visionen in den Weg stellten, durchaus zu vergleichen mit dem herrlichen grünen Meer, von dem die Dichter und Haschischraucher singen. Eine solche Wiese mit ungeschnittenem Gras und wilden Gewächsen, denen die Worte «Unkraut» und «Jäten» niemals ans Ohr gedrungen sind, beherbergt für gewöhnlich eine Unzahl verborgener Geschöpfe, an deren Vorhandensein man besonders gegen Abend und nach Regenfällen erinnert wird. Die Euphonie ihrer Liebeslieder und Chorgesänge zu ermitteln ist eine Aufgabe, der große Männer ihr Leben widmen. Es läßt sich wenig darüber sagen. Die Erwachsenen im Hause wurden nervös. Für Waldemar war es eine Wiese mit Musik, ganz einfach. Da sie proportional der Bodenfläche vernehmbar wurde, sogar laute Musik. Denn es war eine überaus große Wiese. Zu sagen, daß sie kein Ende nahm, wäre natürlich übertrieben gewesen, immerhin aber blieb es dem kleinen Waldemar unmöglich, sie, auch noch aus der Entfernung, zu überblicken. Und wenn die Wiese Meer zu spielen begann, dann unterstützte ihre Größe sie darin auf das nachdrücklichste. Denn das Meer, lesen wir in den Büchern, ist unabsehbar und überall, die Horizonte allein wissen Bescheid.

Man konnte bei all dem unendlichen Wogen und geheimnisvollen Rauschen der Halme selbst die Blumen vergessen oder sich eine liebenswürdige Version aus der Erinnerung an einen Weiher schaffen, den man einmal gesehen hatte und der bedeckt gewesen war mit Tang, Seerosen und seltsamem Wassergesträuch. Zudem blieb ein Meer mit Blumen darauf eine durchaus fröhliche Vorstellung, gegen die selbst das Meer kaum protestieren konnte.

Um nun einen Begriff von der Größe der Wiese zu geben, notieren wir, daß es völlig unmöglich war, sie in einer Aneinanderreihung von Purzelbäumen zu durchmessen. Ja, es stand nicht einmal fest, ob man die halbe Länge zu bewältigen imstande war, denn wie konnte man diese bestimmen, wenn man jene nicht kannte? Waldemar selbst gab bereitwillig zu, daß er wahrscheinlich auch ihr nicht gewachsen war. Seine Untersuchungen in dieser Richtung brachten ihm, selbst an völlig windstillen Tagen, zuletzt regelmäßig die Impression heftigsten Seegangs. Deshalb waren derartige Experimente auch eigentlich verboten. Dennoch fühlte Waldemar sich seiner Wiese viel zu sehr zugetan, als daß er von ihnen hätte lassen können. Seinem Alter entsprechend erfüllte ihn noch die Sehnsucht, das, woran er sein Herz hing, ganz zu erforschen und kennenzulernen. Er liebte die Wiese nicht nur in ihrer Gesamtheit, sondern jeden einzelnen Hügel, jedes Maulwurfsloch, jede Schafgarbe. Es war in Intensität und Färbung das gleiche Gefühl, welches, wenn auch nur dem Glauben guter Christen zufolge und entgegen zahlreichen konträren Theorien, der Liebe Gott für jeden einzelnen von uns empfindet. Ja, es besteht für weniger gute Christen Veranlassung zu sagen, es wäre wünschenswert, daß der Liebe Gott für jeden einzelnen von uns die gleiche Neigung empfände wie Waldemar für die Grillenlöcher und Kornblumenknospen seiner Wiese.

Nachdem nun klargelegt ist, wie es um Waldemars Verhältnis zu ihr stand, können wir zu ihm selbst zurückkehren und unsere Schilderung dort wiederaufnehmen, wo wir sie abgebrochen haben, in jenem denkwürdigen Augenblick nämlich, da der auf Staketenspitzen Hockende von einem Gedanken ereilt wurde. Als sein Vater und der Gärtner die Tonne über ihrem Bestimmungsort zu Boden fallen ließen, sah der interessierte Beobachter einige Löwenzahnblüten und Winden sowie eine Unzahl von Gräsern, die, einfachen Gesetzen der Mechanik zufolge, geknickt zusammenstürzten. Das Gewicht des auf ihnen lastenden Tonnenrades übertraf um ein Vielfaches ihre eigene Stabilität. Es war eine sehr große und breite Tonne von gewaltigem Fassungsvermögen, und sie wurde deshalb allerseits als praktische Tonne begrüßt. Das Stück Wiese, welches sie verdeckte, entsprach genau den Ausmaßen, die jedermann aus ihrer Charakterisierung ziehen kann.

Der Gedanke, der Waldemar ereilte, als der alternde Gärtner voll Erleichterung ein erhebliches Volumen komprimierter Luft durch die vergatterten Zähne stieß, beschäftigte sich mit den Gefühlen, die, menschliches Empfindungsvermögen vorausgesetzt, jeden dieser gebrochenen, geknickten, zerquetschten, zermalmten, verdrehten Halme im Augenblick erfüllten. Welches Chaos, welche Verzweiflung, welch wildes Weh mußten jetzt unter den Gräsern toben. Welch ungehörter Jammer, welch schaudernsvolle Schmerzensschreie ... Waldemar zog gramvoll die Beine hoch, als erahnte er das Leid, das über den Erdball schwemmt.

Es war klar, daß die Erlebnisse der unter dem Tonnenboden Begrabenen nur zu vergleichen waren mit jenen der Einwohner von Herkulanum während des Erdbebens. Eine ungeheure Katastrophe hatte sich ereignet, und er allein wußte um sie. Die Lautlosigkeit des Vorgangs vertiefte nur noch seine Schwere. Überwältigt rutschte der kleine Waldemar zu Boden. Die neuen Ausblicke, die seiner Erkenntnis folgten, stürzten sich über ihn wie ein Schwarm kreischender Krähen. Er hielt sich den Kopf.

Warte, langsam.

Systematik tat not. Wie war es soweit gekommen? Er suchte zu rekonstruieren. Das Ganze, erkannte er, nahm seinen Ausgang von der Voraussetzung, die Blumen vermöchten wie Menschen zu empfinden. Dies war nun völlig unbewiesen, und wennschon Waldemar sich keine Gründe, die dagegen sprachen, denken konnte, so fand er auch keine, die dafür gesprochen hätten. Den Halmen und Gräsern ein Seelenleben einzuräumen war ein Schritt, der reiflich erwogen sein wollte. Die Folgen waren derart komplizierter und unabsehbarer Natur, daß man dieses Planes in der Tat vielleicht besser gar nicht weiter gedachte. Denn natürlich konnte man nicht bei den Disteln, Anemonen und Buschwindröschen verweilen, es nahten schon Haselnußstauden, Holundergebüsch und Apfelbäume ... der kleine Waldemar schloß die Augen. Hinter den Pappeln, die den Apfelbäumen auf dem Fuße folgten, tauchten bereits die Umrisse von Kühen, Pferden und Schweinen auf, die eigentlich Elemente der Beruhigung in sich hätten bergen sollen, da man gewöhnt war, ihnen und auch noch den Hunden, Katzen und Wellensittichen Empfindungsvermögen, Bewußtsein und eventuell, je nach der Herzlichkeit bestehender Beziehungen, auch eine Seele zuzusprechen, die solche Beruhigung jedoch nicht bargen, da ihnen, unerbittlich und diesmal in abfallender Reihe, Hühner, Maikäfer, Siebenpunkte, Blattmilben und Käsemaden nachschritten, eine gräßliche Prozession, von welcher Infusorientierchen und Krankheitserreger nur deshalb ausgeschlossen waren, weil der kleine Waldemar von ihnen noch nichts wußte. Doch was er wußte, genügte. Er fühlte, wie ihm übel wurde, teils aus dem urplötzlichen Zwang zum Mitfühlen, teils aus der unbewußten Einsicht heraus, daß er mit diesem Gedankengang noch lange nicht abgeschlossen hatte. Während er so, in der Sonne neben dem Zaun kauernd, mit etwas ängstlichem Gesichtsausdruck verharrte, bot er dem oberflächlichen Betrachter einen keineswegs ungewöhnlichen Anblick. Sein Vater, dem er als Grübler bekannt war, gedachte flüchtig eines Karminativs, als er an seinem Sohn vorüberschritt, und strich dem Versonnenen über das Haar. Er wußte nichts von dem Ansturm der Bilder, dem sein Sohn erlag.

Von der Biene, die gestern im Honigglas erstickt war, über die Schnecke, die er mit seinem Zweirad beschädigt hatte, und die Gänseblümchen, die gepflückt und gewiß viel zu spät mit Wasser versorgt worden waren, führte der Weg zu den geknickten Schwertlilien, die niemand mehr aufrichtete, zu gewissen Faltern, die abends ins Licht flogen und verbrannten, und zu dem Spinatblätterhaufen, der auf dem Küchentisch seiner Ermordung entgegensah ... es war entsetzlich. Hätte Waldemar von den epileptischen Anfällen gewußt, in welchen die Propheten des Alten Testamentes zu ihren Erleuchtungen zu gelangen pflegten, sein Herz wäre übergeflossen von brüderlichem Mitleid mit ihnen. Eine Vision ist kein Kinderspiel.

Doch halt, halt. Waldemar klopfte mit dem Fuß gegen den Zaun. Halt.

Wie, wenn es gelänge, diese seine Theorie der Lächerlichkeit zu überführen und sich ihrer so zu entledigen? Versuchen wir es doch. Wer hatte, bitte, schon einmal zwei Apfelsinen gesehen, die sich Witze erzählten? Oder eine Ringelblume mit Liebeskummer? Oder einen hoffnungsfrohen Regenwurm? Die Vorstellung einer Blattwanze, die sich um ihr Ballkleid sorgt, war ebenso lächerlich wie die eines Rittersporns, der seinen Kragenknopf nicht finden kann. Und selbst, daß Enten Junge zur Welt brachten, sagte noch nicht, daß sie diese später, im schulpflichtigen Alter, das kleine Einmaleins lehrten.

Der kleine Waldemar beging einen Fehler. Um sich zu überzeugen, trug er zu dick auf. Er stellte sich einen Rüsselkäfer, der vorüberkroch, als seinen Klassenlehrer vor, er versuchte, in den Zügen einer grünen Raupe Ähnlichkeiten mit denen seiner Tante Josephine zu finden. Diese Maßlosigkeit eben war es, welche die Ernüchterung brachte. Denn plötzlich hielt er inne, um sich zu fragen: hatte er schon einmal seinen Kragenknopf gesucht oder Babies zur Welt gebracht? Nein, noch niemals. Und er war doch schon sieben. Als er geboren wurde, konnte er kaum zwei Worte lallen, und nur aus Erfahrung begriff er schließlich den Unterschied zwischen gut und böse, hell und dunkel, kalt und warm.

Es war nicht nötig, daß die Blumen und Tiere Bälle gaben und sich «Herr Geheimrat» titulierten. Es war nicht nötig, daß sie so vieler Gefühle und Empfindungen fähig waren wie die Menschen. Es genügte ein Bruchteil, ein kleiner Bruchteil. Es genügten in der Tat drei oder vier. Hungrig und satt etwa, schmerzlich und froh, häßlich und schön...

Eine Katze miaute, wenn man ihr auf den Schwanz trat, ein Hund winselte, wenn ihn hungerte, und Blumen vertrockneten bei zu großer Hitze oder erfroren, wenn es zu kalt war. Was den Hund und die Katze anging, so schien es schon akustisch bewiesen, daß sie ein, wennschon schwer begrenzbares, Empfindungsvermögen besaßen, und wer wollte ein solches also kleineren Lebewesen wie Laubfröschen und Turteltauben absprechen? Hinsichtlich der Pflanzen war es nur vernünftig anzunehmen, daß auch sie nicht einfach verwelkten, wenn man sie ohne Wasser beließ, daß dieser Vorgang nicht nur organischer Natur sein konnte, sondern gleichermaßen seelischer. Es war möglich, sich vorzustellen, daß die unteren großen Blätter der Sonnenblume, die in der Dürre des vergangenen Monats vertrocknet waren, heroische Selbstaufopferung bewiesen hatten, indem sie ihre Wasservorräte, den eigenen Tod vor Augen, weiter oben sitzenden jüngeren Schwestern überließen, deren Reserven längst aufgebraucht waren. Es schien möglich, in der wilden Wiese eine ganze nichtkopernikanische Welt zu sehen, einen mikroskopischen Makrokosmos, in dem die Gräser und Halme Stämme und Staaten bildeten, Nationen und Rassen. Wenn man sich weiter vorstellte, daß der Ort, über welchem man eben kauerte, beispielsweise Kanada gleichkam und mithin zum Britischen Weltreich gehörte, dann konnte es sein, daß die beiden

Schachtelhalme, die sich hier vertraulich aneinanderlehnten, schaudernsvoll die Katastrophe besprachen, die eine Grafschaft des Mutterlandes, sagen wir Devonshire, betroffen hatte. Dort war ein riesenhafter Meteor vom Himmel gestürzt, und Tausende lagen unter ihm begraben. Die beiden Schachtelhalme aus Kanada sorgten sich. Sie hatten Verwandte in Devonshire . ..

Der kleine Waldemar saß tief in Gedanken versunken neben dem Holzzaun, als die Mutter eine Stunde später zum Essen rief. Träumerisch auf den Zehen balancierend, wanderte er ins Haus, sichtlich beschäftigt mit schwerwiegenden Entschlüssen.

Es gab Haferflocken mit Apfelkompott, eine friedliche Kombination. Während er mit der Regelmäßigkeit einer gut funktionierenden Maschine seinen Teller leerlöffelte, reifte ein Entschluß in ihm, der seine ganze Aufmerksamkeit erforderte. Die Gespräche der Erwachsenen drangen als rätselhaftes Geraune an sein Ohr. Einmal richtete der Vater das Wort an ihn. Waldemar gab keine Antwort.

Er ist müde, sagte jemand.

Waldemar hörte es nicht. Emsig und unachtsam löffelte er, und selbst das unter dem Porridge langsam sichtbar werdende Blumenmuster des Porzellans, das dem Abendbrot sonst sensationelle Momente verlieh, ließ ihn kalt. Im Augenblick bewegten ernstere Dinge seine Seele. Er war entschlossen, dem in seiner Existenz bedrohten Rasenstück unter dem Tonnenboden Hilfe zukommen zu lassen. Er, Waldemar, war unterwegs als Retter aus Knechtschaft und Not. Sein Gesichtsausdruck, in Worte gekleidet, besagte: Geduld, gequälte Brüder, Geduld, ich komme schon.

Den Grashalmen mußte Rettung werden. Ihre Lage schien Waldemar ebenso ernst wie die verschütteter Bergleute im Schacht. Wie lange konnte es dauern, bis unter dem Tonnenboden ein Massensterben begann? Eile tat not. Waldemar rutschte unruhig auf seinem Stuhl hin und her.

Er ist müde, sagte jemand.

Es leuchtete ein, grübelte Waldemar, daß es in erster Linie auf die Geschwindigkeit ankam, mit der geholfen wurde. Bürokratisch vorzugehen, etwa zunächst eine «Gesellschaft zur Unterstützung notleidender Gräser», kurz «Gezunogrä», ins Leben zu rufen, einen beratenden Ausschuß zu wählen und über dessen Entschluß abzustimmen, wäre ebenso lächerlich wie herzlos gewesen.

Nein. Hier hieß es an das Problem selbst herantreten. Es handelte sich um nicht mehr und nicht weniger als die *Entfernung* der Tonne. Waldemar verfügte bei aller Verträumtheit über genügend Realismus. Die Wahrscheinlichkeit, daß er allein imstande sein würde, ein Regenfaß vom Ort zu bewegen, zu dessen Transport zwei Männer nötig gewesen waren, von denen der eine nach erfolgter Verlagerung seiner Erleichterung akustisch Ausdruck verliehen hatte, diese Wahrscheinlichkeit war so gering, daß man sie, mathematisch gesprochen, vernachlässigen konnte. Um nichts größer war, in Verfolgung dieses Gedankenganges, jene, daß ein Erwachsener sich, beeindruckt von Waldemars Theorie des Gräsermordes, bereit erklären würde, Hand an die Tonne zu legen, den Großen, das hatte er erfahren, war eine rügenswerte Intoleranz eigen, wenn es sich darum handelte, gegen die eigene, meist despotisch hervorgestoßene Anschauung die noch so berechtigten und wohldurchdachten Einwände von Minderjährigen zu stellen. Befreit von aller zweckundienlichen Schönmalerei lautete sein Aufgabe also: Entsatz der unter dem Tonnenboden Gefangenen aus eigener Kraft.

Da er die Transportfrage nicht beantworten konnte, kam Waldemar nach längerem Grübeln der Gedanke, daß schon viel getan war, wenn es gelang, die Tonne beispielsweise durch Balance auf einem einzigen Punkt des Bodenumfanges in ein metastabiles Gleichgewicht zu bringen. Dadurch wäre der weitaus größte Teil der Rasenbewohner befreit worden, wenn auch nur durch den Opfertod einiger Mitbürger, die ihre Heimstätten an eben jener kritischen Stelle hatten, auf der nun die Tonne mit ihrem vollen, fürchterlichen Gewicht lastete.

Diese Idee, so verlockend sie schien, mußte bei genauerer Prüfung wieder verworfen werden. Denn Waldemar vermochte sich dieses sozusagen auf einem Bein stehende Regenfaß nicht als Dauererscheinung vorzustellen, besonders nicht im Falle einer jähen Änderung der atmosphärischen Konditionen. Ganz abgesehen davon, daß es natürlich schon genügte, wenn jemand unvorsichtig vorüberging. Somit wäre es erforderlich gewesen, einen ständigen Wachdienst neben dem balancierenden Regenfaß einzurichten, der zu allen Stunden des Tages und der Nacht bereit war, vorbeugend und verhindernd einzugreifen. Wenn man nun weiterhin annahm, daß Waldemar, Märtyrer einer guten Sache, für den nicht unbeträchtlichen Rest seines Lebens diesen Posten übernehmen wollte, dann ergab sich, daß er selbst natürlich auf irgendeiner Stelle der Wiese stehen, sitzen oder liegen mußte. Denn man kann nicht jahrzehntelang neben einer Regentonne zubringen, ohne müde zu werden. Daraus aber folgte zwangsläufig, daß er selbst, wenn es ihm nicht gelang, sich dauernd in Schwebe zu halten, gleichfalls einen nicht zu vernachlässigenden Teil der Wiese mit Füßen zu treten gezwungen sein würde. Je länger er sich mit der Angelegenheit beschäftigte, um so klarer wurde ihm die Erkenntnis, daß es sich bei allen seinen Bemühungen nur um Teillösungen handeln konnte. Angeregt durch den Anblick eines auf drei Beinen ruhenden Klavieres beschloß er, die Deckfläche von Wiesenboden und Tonnenunterseite dadurch zu beseitigen, beziehungsweise zu vermindern, daß er das Faß auf Säulen ruhen ließ. Aus gewissen schmerzlichen Erfahrungen wußte er um die mangelhafte Stabilität von Gegenständen, die an nur zwei Stellen gegen Sturz gesichert waren. Vier Säulen hinwiederum brachten manchmal die gleichen Wackelerscheinungen in ihrem Gefolge wie zwei. Drei war also bei weitem die glücklichste Zahl, die er finden konnte. Wie Waldemar von seinem Spieltisch her wußte, vermochte ein Möbelstück, das auf drei Beinen ruhte, nicht zu wackeln... Somit stand der Plan für das Unternehmen der Nacht fest. Von seiner Mutter zu Bett gebracht, gab er mit gefalteten Händen die allabendliche fromme Erklärung über sein reines Herz ab, in dem niemand drin wohnen sollte als Gott allein, Amen, und erwartete danach, bisweilen gekitzelt von den kalten Schauern seines Erregungszustandes, die ihm zwischen Hemd und Wirbelsäule den Rücken hinunterliefen, die Ankunft der Nacht.

Zu unbeschreiblich später Stunde, etwa ein Viertel nach zehn, erhob sich Waldemar von seinem Lager und kletterte aus dem Fenster des ebenerdig gelegenen Kinderzimmers in den schweigsamen Garten hinaus. Nahe der Gerätekammer wußte er eine Stelle, an der mehrere gut erhaltene Ziegelsteine ohne Ungeduld einer neuerlichen Verwendung harrten. Dorthin ging er zuerst. Er trug sich mit der Absicht, drei von ihnen auszuwählen und sie als jene Säulen zu verwenden, auf die der Druck der praktischen Tonne sich verteilen sollte. Bei der Gerätekammer war es finster. Er tastete sich die Wand entlang zu dem Haufen Mauerwerk vor, den er suchte. An einem der Ziegel hing eine gallertige, kalte Masse. Er streifte mit der Hand gegen sie. Es war eine Schnecke. Würgenden Ekel hoch oben im Halse, schleuderte er sie weit in die Dunkelheit der Gemüsebeete hinaus, um gleich darauf reuevoll zu hoffen, sie möge sich bei ihrem Flug und Sturz nicht verletzt haben.

Lieber Gott, mach, daß der Schnecke nichts geschehen ist, betete er. Drei erlesen schöne Ziegelsteine gegen den Bauch gepreßt, schritt er sodann, leicht frierend, durch das taufeuchte Gras, dabei eine Sternschnuppe gewahrend, die über den dunklen Himmel glitt. Waldemar nahm ihr Erscheinen für das Versprechen des Lieben Gottes, zu tun, was in seiner Allmacht stand. Es war ihm wie jenes kurze Klingeln, das aus den ersten Telefonautomaten vernehmbar wurde, wenn der Gesprächspartner den Hörer auflegte.

Waldemar trug die drei Ziegelsteine in die Wiese hinein und meinte schon, sich verlaufen zu haben, als vor ihm die schwarzen Umrisse der Tonne emporwuchsen. Hier war sie. Unter ihr fieberten Tausende der Stunde der Befreiung entgegen.

Geduld, sagte Waldemar heiser, Geduld, ich komme schon. Zähneklappernd, Schlaf in den Augen, machte er sich ans Werk.

Es war nicht die übliche, in diesem Alter häufige Zwangsidee, die sich als Spiel verkleidet. Einer solchen war er längst erlegen, sie hielt sich jedoch in Grenzen und fiel niemandem unangenehm auf. Sie machte sich plötzlich und unerwartet bemerkbar, auf der Straße etwa, vor einem regelmäßig belegten Stück Gehsteig. Wenn ich, sagte der kleine Waldemar dann zu sich, auf meinem Weg zur nächsten Laterne nur jeden zweiten Pflasterstein betrete, dann soll ich ein großer Musiker werden. Oder ich werde nicht in Schreiben geprüft werden. Oder in Rechnen. Dasselbe war es zu Hause mit dem Einnehmen widerwärtiger Arzneien: Wenn ich den Löffel Lebertran protestlos schlucke, wird morgen die Sonne scheinen, was ich sehr wünsche, da ich baden will.

Oder: Wenn ich abgetrocknet bin, ehe alles Wasser aus der Badewanne geflossen ist, habe ich Aussicht, auf dem Rummelplatz ohne Geld Karussell zu fahren.

Von diesem harmlosen Zwang, der ihn auch nötigte, vor geistlichen Schwestern dreimal auszuspucken und beim Sichtbarwerden eines Schornsteinfegers schnellstens an einem Knopf zu drehen, war Waldemar schon lange besessen, und er unterschied sich darin nicht von vielen seiner Freunde. Die Systeme variierten. Grundsätzlich aber trieben die gleichen Motive zu ähnlichem Aberglauben.

Was sich nun aus den Gedankenfolgen entwickelte, die als erstes Ergebnis die nächtliche Errettung einiger tausend Gänseblümchen und Grashalme gezeitigt hatte, war etwas anderes. Es fiel jedermann sogleich durch die Nachdrücklichkeit und den tyrannischen

Absolutismus auf, mit dem es von Waldemar Besitz ergriff. Wäre es ihm möglich gewesen, dieses Etwas zu analysieren, er hätte gefunden, daß es sich von jenem anderen, harmlosen Spleen darin grundsätzlich unterschied, daß hier ein unentrinnbarer, kleinlicher und bald schon quälender Zwang sich ausdrückte, dem man, ohne dabei persönlich zu gewinnen, Folge leisten mußte.

Wenn Waldemar seinen Vater unter Aufbietung aller Überredungskunst und mit einer Listigkeit, die seine wahren Absichten verbarg, dazu bewegte, sich aus dem Liegestuhl, in dem dieser sich müde und schwer hatte fallen lassen, noch einmal zu erheben, dann glaubten zuletzt alle Anwesenden, daß er in Gefahr gewesen war, umzustürzen. In Wahrheit bezweckte Waldemar, der den nun leeren Stuhl etwas verschob, damit vielleicht die Lebensrettung eines Wiesensalbeis, der unter einer der Holzleisten geraten war. Daß der Stuhl weiterhin wenn auch nicht gerade Blumen, so doch Gräser zerquetschte und mithin von einer völligen Glückseligkeit unter den Rasenfamilien nicht die Rede sein konnte, war eine Tatsache, mit der Waldemar sich abzufinden hatte. Er sah ein, daß es einen Zustand universeller Sorglosigkeit an allen Enden und Ecken der Welt nicht gab. Alles, was man tun konnte, war, den Kummer zu lindern. Aus diesem Grunde erblickte er in Besuchern, die vornehmlich den Kiesweg benützten, sogleich artverwandte Seelen, denn merkwürdigerweise mangelte ihm der Glaube an eine große Sensibilität der Kieselsteine.

Ein anderes Ereignis, das ihn mit schwerer Verantwortung belud, war ein Spaziergang durch den Garten. Selbst kurze Entfernungen brachten hier, wenn man seinen Verpflichtungen ordentlich nachkam, enorme Zeitverluste und starke Ermüdung mit sich. Der Mensch, von welchem man, um seinen Schritt zu kennzeichnen, sagt, er tanze auf Eiern, hätte sich gegen die Fortbewegungsart Waldemars in den Stunden seiner Besessenheit ausgenommen wie ein Elefant. Man überlege selbst, welche grenzenlose Barbarei ein Mensch begeht, wenn er, Fuß vor Fuß setzend, durch eine Wiese trampelt. Man rufe sich die Möglichkeiten vor Augen, die sich für ein solches Paar Schuhe ergeben, lebende und empfindende Wesen zu erschrecken, zu beschädigen, zu töten. Ist es nicht nur verständlich, daß es daher Augenblicke gab, in denen Waldemar, vor der Schwere der Verantwortung eines weiteren Schrittes zurückscheuend, stehenblieb und sich zu einer Wiederaufnahme seiner Bewegung erst entschloß, wenn es ihm klarwurde, daß er auch stillstehend Wiesenboden unter den Füßen hatte?

Es muß gesagt werden, daß die Anwesenheit anderer, vornehmlich Erwachsener, diese Empfindlichkeit zu einem großen Teil neutralisierte und die Scham sich stärker erwies als das Mitleid. Wie die Großen ihn jedoch verlegen werden ließen, so machte er die Großen nervös. Es irritierte beispielsweise seinen Vater, daß Waldemar sich auf belebten Straßen dauernd bückte, um verlaufenen Käfern über die Fahrbahn zu helfen oder um fortgeworfene Blumen aufzuheben, die hier der akuten Gefahr des Zermalmens ausgesetzt waren, wenn man schon gar nicht der Qualen eines Todes durch Verdursten auf heißem Asphalt gedenken wollte.

Entweder brachte Waldemar diese unglücklichen Glockenblumenfragmente, Buschwindröschenblätter oder Kastanienstengel nach Hause, um sie je nach Fortgeschrittenheit des Falles mit Wasser zu versorgen, beziehungsweise liebevoll zu beerdigen, oder er trug sie nur bis zu einer geeignet erscheinenden Stelle, etwa einem Garten am Straßenrand, mit sich, um sie hier, möglichst im Schatten, über den Zaun zu werfen. Er war davon überzeugt, daß die von den Erlebnissen des Großstadtlebens noch Verschreckten im kühlen hohen Gras des Gartens aufatmen würden... Dieser Zwang des andauernden Sichbückenmüssens nach Blättern, Stengeln und Raupen entwickelte sich an manchen Tagen beinahe zu einer Art Veitstanz. Er wußte, daß er sich abscheulich betrug, daß er sich lächerlich machte, daß seine Mutter böse war – er konnte nicht anders. Er mußte den Blumen helfen. Zutiefst blieb er zudem von der dunklen Größe seiner Aufgabe überzeugt, die durch die Unbill, die er ihretwegen erlitt, an Heroik nur zunahm. Schließlich kam es so weit, daß Waldemar sich automatisch zu allem niederbeugte, was bunte Farben trug, und es ereignete sich des öfteren, daß er dabei weggeworfene Rechnungszettel oder alte Straßenbahnfahrscheine zwischen die Finger bekam. Um das Absonderliche seines Betragens zu verwischen – denn er hatte sich eine aristokratische Ader bewahrt, die jede Art von Aufsehen verurteilte –, pflegte er die Gegenstände, die er fand, in nachlässiger, abwesender Weise aufzuheben, ohne sie anzusehen, wie ein Mensch, der nützliche Gegenstände, beispielsweise Flaschenkorke, sammelt. Sodann legte er einige Dutzend Schritte zurück, ehe er seinen Fund untersuchte. War es nur ein Bonbonpapier, so warf er es wieder fort, war es ein Stückchen Blume, so trug er es in seiner heißen Kinderhand weiter bis zu einem Ort, an dem man es getrost deponieren konnte.

Ein anderes Kapitel waren Fliegen.

Diese unangenehmen Tiere hatten im Sommer eine Art, sorglos ins Zimmer zu fliegen und danach nicht mehr hinauszufinden, die Erwachsene aus Waldemars Umgebung zur Raserei brachte. Er selbst stand dem widerwärtigen Brummen und den Anwandlungen von Unverschämtheit, in denen sich diese Tiere Ruhebedürftigen nähern, indifferent gegenüber. Seine Mission setzte erst bei den Fensterscheiben ein. Hier nämlich begann die eigentliche Fliegentragödie. Es war gar nicht zu begreifen, woher diese Insekten plötzlich jene idiotische Beschränktheit nahmen, mit der sie stunden- und tagelang gegen das gleiche Stück Glas eines Fensterflügels stießen, während sie einige Zentimeter weiter ungehindert ins Freie hätten fliegen können.

Daß Waldemars Hilfe auch hier vonnöten war, daß es sich wie bei den Blumen und Käfern in der Tat um Leben oder Tod handelte, das zeigten, deutlicher als andere Medien, die gewissen staubbedeckten, mit gespreizten Flügeln auf dem Rücken liegenden Toten, die man gelegentlich auf dem Fensterbrett vorfand. Zur Befreiung der Fliegen hatte Waldemar mehrere Methoden ausgearbeitet. Die eine bestand darin, daß er den Gefangenen mit der hohlen Hand zu dem offenen Flügel hinüberzudrängen suchte. Diese Arbeitsweise zeitigte allerdings nur bei älteren, ermatteten Exemplaren Erfolge.

Nach einer anderen verwendete er ein Taschentuch, mit welchem er sich auf die gerade ruhende Fliege stürzte, sie in seinen Falten gefangennahm, Fliege und Tuch ins Freie trug, um jene dort aus diesem zu schütteln. In beiden Fällen war große Vorsicht geboten, um die Tiere nicht zu verletzen. Es war eine mühsame und schwere Arbeit. Der Augenblick jedoch, da die befreite Schmeißfliege, sich ihrer neuen Freiheit eben erst bewußt geworden, in den Himmel emporflog, entschädigte für vieles.

Eine statistische Erfassung von Waldemars Hilfeleistungen hätte ergeben, daß es vor allem kleine Lebewesen und Pflanzen waren, um die er sich sorgte. Es fiel ihm nicht ein, das Droschkenpferd des Kaufmanns nach Hause zu bringen, weil es einen verhungerten Gesichtsausdruck trug, noch quälte er seinen Vater mit der Bitte, ein Asyl für elternlose Elefantenkinder zu finanzieren. Es zeigte sich, daß der Maßstab ausschlaggebend war. Wesen, die seiner eigenen Größe nahekamen oder sie übertrafen, waren nur selten Gegenstand seines Mitgefühls. Klein mußten die Geschöpfe sein, denen er half, je kleiner, um so intensiver wurde seine Anteilnahme.

Um nun auf den Höhepunkt dieser Entwicklung zu sprechen zu kommen und um die Antiklimax begreiflich zu machen, die ihm folgte, muß von dem Konditoreiskandal erzählt werden, zu dem es eines Tages kam.

Die Konditorei Kafanke ist bekannt für ihre Spezialität, eine besondere Art kleiner Schokoladekuchen, die in einer besonderen Art von Fruchtsaft schwimmen. Zur Unterstützung der pädagogischen Maßnahmen seiner Frau hatte Waldemars Vater ein Bon-System eingeführt. Für besondere Bravheit, häusliche Mitarbeit oder gut gelöste Schulaufgaben erhielt man zum Wochenende einen oder mehrere dieser Bons, die man in der Konditorei Kafanke, einer Abmachung zufolge, die grundsätzlich dem Börsenclearing gleichkam, direkt gegen eine Anzahl kleiner, in Fruchtsaft schwimmender Schokoladekuchen umwechseln konnte.

Eines Nachmittags saß Waldemar an einem der rosenroten Tische der Konditorei, damit beschäftigt, den Segen eines mit einer «römischen Eins» zensierten Klassendiktates zu tilgen. Es war ein erhabener Augenblick. Waldemar aß Schokoladekuchen, an den anderen Tischen saßen Nachhilfelehrer mit ihren Schülern, kleine Runden ältlicher Damen und in den Nischen ein paar Primaner mit ihren pruschenden Freundinnen. Plötzlich vernahm Waldemar ein charakteristisches, lähmendes Geräusch. Er hörte es voll Grauen. Es zerstörte den ganzen Zauber des Mahles, die ganze Atmosphäre seiner Einzelorgie. Es war ein entsetzliches Geräusch: das Brummen von Fliegen gegen eine Fensterscheibe.

Waldemar ließ seinen Löffel auf die klebrige Tasse sinken und wurde blaß. Ein Blick hinüber zu der großen Auslage genügte. Acht bis zehn wehmütig schillernde Fliegen stießen gegen das Glas.

Waldemar nahm sein Besteck wieder auf, wandte den Tieren ostentativ den Rücken und schob weiteren Kuchen auf den Teller. Er war nicht gewillt, sich stören zu lassen. Aber schon nach einem kleinen Mundvoll fühlte er, daß er nicht weiter zu essen vermochte, solange das Brummen fortdauerte. Er ahnte, daß er nicht eher wieder zur Ruhe kommen würde, bis er dieser Fliegengesellschaft zur Freiheit verholfen hatte. Er sah zum Fenster. Da waren sie, neun Stück. Waldemar zählte sie. Herr Kafanke ging vorüber.

Guten Tag, mein Herr, wie schmeckt es, mein Herr, zufrieden, mein Herr? leierte er konversierend.

Herr Kafanke, sagte Waldemar, an Ihrer Auslagenscheibe brummen neun Fliegen.

Ja, mein Sohn, sagte der Konditor, wir haben Sommer, nicht wahr?

Sie verstehen mich nicht, Herr Kafanke. Ich gebe Ihnen keine Schuld. Ich sage es nicht, um zu tadeln. Aber kann man diese Fliegen nicht aus ihrer Gefangenschaft befreien?

He? fragte der Herr Kafanke.

Ich meine: wäre es nicht möglich, das Fenster zu öffnen, etwa für zwei Minuten?

Warum sollten –, begann der Konditor.

Herr Kafanke, sprach Waldemar beschwörend, diese armen Tiere fliegen seit Stunden, vielleicht seit Tagen, gegen Ihre Auslagenscheibe. Es ist furchtbar. Ich kann es nicht ertragen. Erfüllen Sie meine Bitte und öffnen Sie für kurze Zeit das Fenster.

Mein Sohn, erwiderte Herr Kafanke, sich eine Vaterstelle anmaßend, die ihm nicht zustand, ich habe keine Zeit für solchen Unfug.

Ich bin nicht Ihr Sohn. Sie beweisen durch Ihre Weigerung einen mangelhaften Charakter. Hoffen wir, daß Sie selbst nie in eine ähnliche Situation geraten mögen, Herr Kafanke...

Mit Worten dieser Art gedachte Waldemar den Hartherzigen zu geißeln, aber Herr Kafanke war bereits weitergegangen. Er nahm am Nebentisch Schmeicheleien hinsichtlich seiner Spezialität entgegen. Man wird verstehen, daß Waldemar durch dieses Betragen aufs tiefste verletzt werden mußte. Man wird begreifen, daß er seine Besonnenheit verlor.

Ein starkes Wort unachtsam aussprechend, schritt er an Herrn Kafanke vorbei zu der Auslage hinüber, die zu öffnen er sich sogleich anschickte. Dem erschrockenen Ausruf einer Dame ist es zu danken, daß ihm dieses noch nicht gelungen war, als Herr Kafanke herbeieilte, um es vollends zu verhindern. Herr Kafanke ist groß und dick. Seine rosigen Hände sind schwarz behaart. Mit der einen dieser rosigen, schwarz behaarten Hände ergriff Herr Kafanke Waldemar beim Kragen, während er ihn mit der anderen vom Fenster wegzog.

Danach gab er dem Wütenden zwei kleinere Ohrfeigen, die wohl mehr Geräusch als Schmerz verursachten. Immerhin brachten sie Waldemar um den Rest seiner Selbstbeherrschung. Indem er Herrn Kafanke, dessen Spezialität eine besondere Art von Schokoladekuchen in einer besonderen Art von Fruchtsaft sind, wuchtig gegen den Bauch stieß, gewann er seine Bewegungsfreiheit wieder. Für Augenblicke untätig, sah jener Waldemar sodann eilends einen schweren silbernen Präsentierteller hochheben und diesen, ehe man es verhindern konnte, in die Auslage werfen, deren Scheibe klirrend und prasselnd barst.

Die Fliegen, schien es, waren befreit.

Es ehrte Waldemars Vater, daß er der Erzählung seines Sohnes Glauben schenkte und seinen Motiven Sympathie. Dennoch waren, nachdem der erregte Kafanke das Haus verlassen hatte, ein ernstes Gespräch und eine Woche Zimmerarrest die Folgen, die Waldemar betrafen. Sein Gefühlsleben unterlag in den folgenden Tagen starken Depressionen. Er wurde zu häuslichen Arbeiten herangezogen. Zur Lektüre war ihm der Struwwelpeter bestimmt worden, obgleich er demütig um Oliver Twist ersucht hatte.

Ich hoffe, es regnet wenigstens, sagte er jeden Abend zu sich selbst. Allein, es regnete nicht. Am Ende der Woche befand sich Waldemar in einem unlogischen Gemütszustand, der zwischen Rebellion und übergroßer Sentimentalität schwankte. Eines Nachmittags, wieder in Freiheit, half er seiner Mutter bei der Gartenarbeit. Er hatte die Aufgabe, einige große Steine aus einem Beet zu entfernen und sie an das andere Ende der Wiese zu tragen, wo man aus ihnen eine Mauer zu bauen beabsichtigte. Der letzte dieser Steine saß besonders fest in der Erde. Als er sich endlich ruckartig löste, fiel der erstaunte Waldemar fast auf den Rücken. Es war ein großer bemooster Stein, an seiner Unterseite klebte feuchter Lehm. Während er ihn durch das Gras schleppte, bemerkte Waldemar eine Menge Ameisen, die auf ihm hin und her liefen und blasse, längliche Eier verschleppten. Einzelne von ihnen hatten die Erdschicht bereits verlassen und schwärmten durch den moosigen Teil auf Waldemars Hände.

Es würde schwer sein, den Stein niederzulegen, ohne dabei Tiere zu verletzen. Wie immer er ihn auch drehte, befanden sich doch Ameisen auf jener Stelle, die er nach unten zu legen gedachte. Er stand eine Weile still in der Hoffnung, sie würden sich vielleicht, irritiert durch das Sonnenlicht, in irgendeine Höhle zurückziehen, doch dies geschah nicht. Überrascht fühlte er, daß ihn die Geduld verließ. Zum Zaun gekommen, hielt er den Stein so gegen ihn, daß eine Art von Übergang und damit die Möglichkeit geschaffen wurde, diesen zu verlassen und sich auf die warmen Holzplanken zu begeben, die zudem anziehend nach Teer dufteten. Ein großer Teil der Tiere folgte dieser Aufforderung. Als ihm die Arme zu schmerzen begannen, war der Stein schon fast leer. Aufatmend legte er ihn zu den anderen. Was Waldemar zurückhielt, waren nur noch etwa zwanzig Ameisen, die unentschlossen auf seinem Unterarm verweilten. Ihnen bildete er gleichfalls eine Brücke und versuchte, durch sanftes Blasen seine Absicht deutlich zu machen.

Nun geht, redete er den Tieren zu. Die anderen warten auf euch. Aber, aber, ihr könnt doch nicht hierbleiben. Nein, das ist ausgeschlossen, also bitte. Doch die Ameisen überhörten seine Ermahnung. Sie verweilten auf dem braunen Kinderarm und hielten Wettrennen ab. Waldemar hüpfte ein wenig, teils aus Nervosität, teils in der Hoffnung, die Erschütterung werde die Tiere zum Aufbruch bewegen. Das Gegenteil war der Fall. Die kleine Gruppe kehrte um und marschierte geschlossen zu seinem Ellbogen empor. Für einen Augenblick verzerrte sich das Gesicht des Kindes. Dann preßte es den Arm mit einer Wildheit, die ihr Äquivalent nur in jener Zärtlichkeit fand, die es Blattläusen, Tulpen und Regenwürmern bisher bewiesen hatte, gegen den warmen Zaun und rieb den Ellbogen an dem rissigen, dunklen Holz, bis er schmerzte.

Ein dunkler Streifen zeigte die letzte Ruhstatt der munteren Unentschlossenen an. Waldemar stand eine Zeitlang davor. Sein Gesicht drückte weder Reue noch Genugtuung aus. Schließlich ging er, ohne sich umzusehen, mit hängenden Armen zu seiner Mutter zurück.

Am 8. Mai des Jahres 1794, gegen neun Uhr morgens, wurde Antoine Laurent Lavoisier, geboren am 16. August 1743 in Paris, von Beruf Chemiker, des weiteren Generalpächter der Steuern, Verwalter der Salpetersäure- und Pulverfabriken und Kommissar des Nationalschatzes, durch das Beil vom Leben zum Tode befördert.

Zusammen mit 24 weiteren Angeklagten, unter denen sich auch sein Schwiegervater befand, einer Verschwörung gegen das Volk beschuldigt, starb er als numeriertes Opfer des blutigsten Ökonomiestreites aller Seiten auf jener ihrer Zweckmäßigkeit wegen eigens für die Bedürfnisse der Revolution konstruierten Maschine, der Guillotine.

Mit ihm starb der Autor des Buches «Traité élémentaire de chimie», der Begründer einer modernen Wissenschaft, ein Philosoph und ein Blender, ein Genie und ein Scharlatan.

Wenn man die Undurchsichtigkeit seines Charakters und das Dubiose seiner Handlungen in Betracht zieht, dann muß es wundernehmen, daß dazu Berufene schon bei seinem Tode Lavoisiers unbestreitbaren und ungeheuren Verdienst um eine neue Lehre erkannten und seinen Namen in die Reihe jener stellten, die der Menschheit Wohltaten erwiesen. Sowenig man übersehen konnte, daß aus der Fülle der Entdeckungen, die seinem Institut gelangen, einige sogleich zu Streitpunkten ihrer Priorität wurden, sowenig es möglich war, zu verschweigen, daß lange vor Lavoisier Männer wie Marggraf, Priestley und Scheele zu den Erkenntnissen gekommen waren, die jener nun als die seinen veröffentlichte, sowenig vermochten gerecht Beurteilende zu leugnen, daß es nur einen mit der Kultur mehrerer Wissenschaften vertrauten, fruchtbaren Geist möglich gewesen sein konnte, aus den Bruchstücken der Erkenntnis dieser Männer ein Ganzes zu schaffen, eine neue Welt, aus deren Aufbau allein das tätige Genie sprach, das er gewesen war.

Es ist richtig, daß Baumé und lange vor ihm zwei andere Forscher an der Lösung jenes Problems gearbeitet hatten, das ihn als erstes beschäftigte, es ist richtig, daß Godfrey und Hankewitz lange vor ihm zu den Ergebnissen gekommen waren, die er als die seinen erklärte, es ist richtig, daß Cavendish und Bayer sich vor ihm darum bemühten, eine neue Verbrennungstheorie an die Stelle der alten zu setzen zu einer Zeit, da er, Lavoisier, an diese Aufgabe eben erst herangetreten war. Es ist zutreffend, daß er die Entdeckungen dieser Männer aufgriff, daß er sie als Steine verwendete zu jenem Gebäude, dessen Meister er war. Es beeinträchtigt seine Größe nicht: es ist vielmehr sein Verdienst. Die vergessenen Arbeiten jener Forscher auszuwerten, bedurfte es eines Mannes von universellem Verstand. Es handelte sich hier weniger um den Vorgang der Entdeckung an sich, es war zu jener Zeit weit mehr noch nötig, sich über die Folgen einer solchen Entdeckung für die Weiterentwicklung der Gesamtwissenschaft klarzuwerden, was eben er, Lavoisier, vermochte. Es verkleinerte in den Augen seiner Biographen nicht seinen Ruhm, daß er beispielsweise eine Bestimmungsart der spezifischen Wärme zusammen mit Laplace fand, und es sollte ihn auch heute nicht mindern, da man gewohnt ist, die Anonymität des Entdeckers einer wissenschaftlichen Wahrheit ebenso selbstverständlich zu betrachten wie die Methode der Gemeinschaftsarbeit auf diesem Gebiet.

Die unerfreulichen Einzelheiten der Urheberstreite, die Eitelkeit und Selbstsucht Lavoisiers, seine politische Phrasenhaftigkeit und ein gewisser trauriger Opportunismus, der darum nicht weniger abzulehnen ist, weil er erfolglos blieb, dürfen bei der Bestimmung seines Wertes für die Wissenschaft keine Berücksichtigung finden. Es ist hier notwendig, Persönliches von allgemein Wichtigem zu trennen und entgegen konventionellen Methoden Charakter und Begabung gesondert zu beurteilen, wennschon es naheläge, in dem einen eine Funktion des anderen zu erblicken.

Der Mensch Antoine Laurent Lavoisier, als Charakter betrachtet, gäbe berechtigten Anlaß zu umfangreicher Kritik.

Das Genie Antoine Laurent Lavoisiers, wennschon unfähig, Ganzes aus Nichts, so doch in der Lage, aus Teilen ein Ganzes zu bilden, ist über diese Kritik erhaben.

Wenn man mit Recht zu sagen pflegt, daß über das Leben eines Menschen nicht die Größe und auch nicht die Tragweite einer Wahrheit entscheidet, sondern allein die Mühe, welche er darauf verwendet hat, sie zu finden, mithin also nicht das Ziel den Ausschlag gibt, sondern der Weg zu ihm, dann wird man im Falle Lavoisiers jenes über diesem verwerfen und vergessen müssen. Mit den Augen eines durch seinen individualistischen Standpunkt kurzsichtigen Betrachters gesehen, war er allein der Vertreter jenes eitlen, dabei erfolgreichen, skrupellosen, dabei begabten, praktischen, um nicht zu sagen habgierigen Forschertyps, der die Namen seiner Quellen und Mitarbeiter verschwieg, fremde Ideen sich aneignete, seine politische Überzeugung ähnlich seinem Jabot – wechselbar – trug und die Ergebnisse seiner zweifelhaften Arbeiten in den Salons und Tabakkollegien zu Feuerwerken seiner Eitelkeit machte.

Gesehen mit den Augen einer späten Nachwelt, der diese Ergebnisse zum Segen wurden, ist all das unerheblich. Für ihre Beurteilung sind nur noch Tatsachen von Interesse, und ihre Ansicht entsteht aus der Ehrfurcht vor diesen.

Als Lavoisier verhaftet wurde, setzten zahlreiche seiner Freunde das Leben aufs Spiel bei dem Versuch, das seine zu retten. Einer von ihnen, der Professor der Physik Alexandre César Charles, drang bis zu Danton vor mit der Bitte, Lavoisier aus dem Kerker zu befreien. Bedauerlicherweise jedoch wurde Danton selbst einige Wochen vor diesem geköpft...

Professor Charles war bei der Verhandlung gegen die 24 Angeklagten zugegen. Aus der Betrachtung des Mannes, der nun, groß und schlank, gepflegt gekleidet und mit einem Ausdruck hochmütiger Hoffnungslosigkeit im Gesicht vor seinen Richtern stand, erwuchs ihm die Erinnerung an eine andere, ganz andere Gerichtsverhandlung, der er vor langer Zeit beigewohnt hatte. Es war im Sommer des Jahres 1789 gewesen, knapp nach dem Fall der Bastille. Zusammen mit seinem Gast Johann Christoff Wiegleb, der nach Paris gekommen war, um Stoff für seine «Geschichte der neueren Chemie» zu sammeln, verfolgte Charles vom Fenster seiner Bibliothek aus dieses Gericht, das, im Schatten des Hofes, gleich einer Inquisition verlief.

Wiegleb war Deutscher, ein ehrenhafter Chronist seiner Wissenschaft. Was er sah, beeindruckte ihn ebensosehr, wie es ihn abstieß. Er kehrte heim mit dem Entschluß, über diese Entgleisung Lavoisiers, denn eine solche war diese Gerichtsszene in seinen Augen, nicht zu schreiben. Er meinte damit der Würde jenes Mannes Abbruch zu tun, er glaubte Lavoisiers Gestalt zu verzeichnen mit der Erwähnung dieser Episode. Er fürchtete, eine falsche Atmosphäre um einen Menschen zu schaffen, in dem er den großen Vertreter einer großen Nation erblickte. Es war zuletzt doch wieder nur diese Gewissenhaftigkeit, die Johann Christoff Wiegleb trieb, in seinem Buch von jenen Ereignissen zu sprechen, die er im Hofe der Tuilerien mit angesehen hatte und an die der Professor der Physik Alexandre César Charles sich erinnerte, als viele Monate später der Gerichtssaal der Revolution vor seinen Augen verschwamm und er sich für kurze Zeit zurückversetzt meinte in die Kühle seines großen Lesezimmers, hinter dessen Fenstern er staunend gestanden hatte an einem Sommermorgen im Jahre des Herrn eintausendsiebenhundertundneunundachtzig.

Meine Damen und Herren, sagte der Vorsitzende, den Holzhammer senkend, mit dem er gegen die Kante des Eichentisches geschlagen hatte, die Verhandlung ist eröffnet. Umständlich und voll Würde nahm er Platz. Er trug das Ornat eines Richters der Spanischen Inquisition. Unschwer erkannte man in ihm den Chemiker Antoine Laurent Lavoisier. Seine Zuhörerschaft, Mitglieder der Akademie, hatte die Einladung zu dieser Veranstaltung amüsiert angenommen, eines originellen Vormittags gewärtig.

Neben Lavoisier saßen mehrere Männer in Schwarz, die als Schreiber, Ankläger und Sachverständige amtierten, und vor dem Richter, an einem kleinen, blutrot beschlagenen Pult, saß der Henker. Er war in strahlendes Weiß gekleidet und der Blickpunkt zahlreicher, unruhiger Augenpaare, die von ihm nicht loskommen konnten. Der Henker war Lavoisiers Gattin, oder, um die Situation gemäß den Gefühlen der Menge zu beschreiben, Lavoisiers Gattin war der Henker, das erste unvergleichlich deutlicher als das letzte. Ihr scharlachroter Mund, das weiße Gesicht und das wilde schwarze Haar faßten das Ebenmaß ihrer Züge zu einer Anmut zusammen, die den Atem benahm. Sie saß aufrecht. Die bloßen Arme ruhten im Schoß des weitgeschnittenen griechischen Kleides. Frau Lavoisier spielte den Henker. Der Angeklagte selbst war abwesend. Vor der Barriere des für ihn bestimmten Raumes hockte sein Verteidiger, ein alter dekrepiter Mensch mit weißem Haar und unappetitlichen Kleidern, dessen Maske auf eine Ähnlichkeit mit dem deutschen Professortyp der Almanache hin geschminkt war und Eingeweihte auf barbarische, wenngleich deutliche Weise an den Arzt und Physiker Georg Ernst Stahl aus Halle erinnerte. Der Regisseur Lavoisier verwandte keine besondere Feinfühligkeit auf charakterisierende Details. Stahl war sein Feind. Immerhin aber war er auch schon ein halbes Jahrhundert tot, und es lag nahe, den Veranstalter dieses Schauspiels um das zu bitten, was er nicht besaß, nämlich um Takt.

Der Verteidiger des Verstorbenen wies die Symptome einer so fortgeschrittenen Paralyse auf, daß man befürchten mußte, der Anwalt der bösen Sache werde in Stücke fallen, sobald er seinen angefaulten Körper erhob. Er blickte aus triefend geschminkten Augen kurzsichtig zwinkernd in die Reihen des mittlerweile verstummten Auditoriums und lauschte der leiernden Stimme des Schreibers, der mit der Verlesung eines Schriftstückes begonnen hatte, das Lavoisiers Züge trug.

Es erscheint vor diesem Gericht als Anwalt und Verteidiger seines schwergeschädigten Rechtes das Oxygen – durch die Reihen der Zuhörerschaft betrat ein junger Mann den Hof und schritt an dem altersschwachen Verteidiger Stahls vorüber zu seinem Platz, vor dem er stehen blieb. Er war in ein enganliegendes Phantasiekostüm aus blauem und silbernem Tuch gekleidet, das seine Gestalt betonte wie ein Trikot.

Oh, rief ein Mädchen aus der Menge. Seht ihn, wie schön!

Lavoisier lächelte leicht. Er wußte um die Effekte. Der blonde, blauäugige Darsteller des schwer geschädigten Oxygens, ein Schüler Lavoisiers, dem seines vorteilhaften Äußeren wegen diese Rolle zugefallen war, verneigte sich leicht gegen den Richtertisch und das Auditorium und setzte sich.

Der Schreiber las weiter.

Angeklagt ist das Phlogiston. Phlogiston, wiederholte er, damit ein anscheinend überhörtes Stichwort aussprechend, auf welches ein Bedienter ein in braunes Leder gebundenes Buch herbeitrug und vor Lavoisier niederlegte, der es mit einem nervösen Zucken der Augenlider in seinen Gesichtskreis aufnahm. Wie der Titel besagte, handelte es sich um die Abhandlung eines gewissen Georg Ernst Stahl über die Vorgänge beim Verbrennen verschiedener Stoffe. Der Gerichtsdiener beleckte den Finger. Phlogiston, sagte er stumpfsinnig noch einmal, in bester Manier das krächzende Organ dieser Beamten imitierend. Es wird vertreten durch einen Anwalt der bösen Sache.

Um eine Spur zu heiter erhob sich der Advocatus diaboli von seiner Bank. Danach vollbrachte er, die Entgleisung zu korrigieren bemüht, eine dermaßen verkrüppelte Verbeugung, daß die entzückte Zuhörerschaft schon meinte, den Fäulnisgeruch seines verwesenden Kadavers zu vernehmen. Als der Lärm sich gelegt hatte, begann Lavoisier zu sprechen.

Es wird Aufgabe dieses Vormittags sein, sagte er, sich über das Wesen des Verbrennungsvorganges klarzuwerden. Überlegen Sie, meine Damen und Herren: Was verstehen Sie unter dem Worte Verbrennung? Denken Sie nach. Ein Körper, der den Einwirkungen des Feuers ausgesetzt wird, verändert sich, nicht wahr? Er verändert sich in Farbe, Konsistenz und Gewicht. Gedenken Sie dieses letzten Umstandes, behalten Sie ihn im Gedächtnis. Wir werden auf ihn zurückkommen. Lavoisier schaltete eine Pause ein, eine kleine Pause, eben lange genug, um den Eindruck entstehen zu lassen, er bilde im Geiste das Gefüge des nächsten Satzes, das er in Wahrheit schon vor Tagen gebildet hatte.

Eine Verbrennung also, fuhr er dann fort, um es zu wiederholen, vollbringt an dem ihr ausgesetzten Medium umfassende Änderungen derart, daß ihr Endprodukt sich von dem ursprünglichen Körper stark, wenn nicht völlig unterscheidet. Es liegt sehr nahe anzunehmen, daß hier ein Prozeß chemischer Natur vor sich geht, meine Damen und Herren. Es lag schon sehr lange sehr nahe. Sehr lange in der Tat. Die Philosophen des Altertums bereits lebten in einer solchen Vorstellungswelt. Um unsere Vermutungen zu diesem frühen Zeitpunkt allgemein zu fassen, können wir sagen, eine Verbrennung sei die unter Entwicklung von Wärme, häufig auch unter Erglühen oder Bildung einer blauleuchtenden Flamme stattfindende Vereinigung eines Körpers mit einer neuen Substanz oder auch die Loslösung von einer solchen. Wie anders sollte man jene Veränderungen erklären, von denen ich sprach? Meine Damen und Herren, Sie fragen mich: Welcher Art ist diese neue Substanz, von der wir wohl annehmen können, daß sie bei allen Verbrennungen die gleiche ist? Wie sieht sie aus? Und welchen Namen trägt sie?

Wieder schwieg Lavoisier. Die ersten Sonnenkringel fielen durch das Laubdach der Bäume in den kühlen Hof.

Meine Verehrten, sagte Lavoisier, an dieser Stelle beginnen die Theorien. Ob wir nun annehmen, es löse sich beim Verbrennen einer Substanz ein Bestandteil aus ihr oder aber es werde ein solcher in sie aufgenommen – wir stehen in beiden Fällen vor der Tatsache, daß eine solche weder vor noch nach dem Verbrennungsprozeß wahrgenommen wird. Weder benötigt man diesen unbekannten Stoff, um einen anderen zu verbrennen, noch findet man ihn, ausgetreten aus dem Gefüge, vor, nachdem die Substanz verbrannt ist. Ah, sehen Sie, meine Damen und Herren, sagte Lavoisier, die Welt kennt aber nicht nur feste und flüssige Stoffe, sondern auch gasförmige. Und eben diese sind es, die wir als Teilnehmer an jenem geheimnisvollen Vorgang, den die Menschen Verbrennung nennen, vermuten. Es gibt unsichtbare Gase, nicht wahr? Und es gibt desgleichen geruchlose. Sie erwidern, auch ein Vorhandensein dieses geruchlosen und unsichtbaren Gases bei jeder einzelnen Verbrennung wäre unwahrscheinlich, und die Vorstellung eines solchen Zustandes lächerlich? Meine Damen und Herren: ein Ding ist deshalb noch nicht unmöglich, weil man es nicht begreifen kann, und mangelnde Vorstellungskraft spricht zwar gegen die Geburt neuer Theorien, doch nicht gegen ihre Existenzberechtigung und Wahrheit.

Denken Sie nach. Sie selbst sind, Ihr ganzes Leben lang, Tag und Nacht, zu jeder einzelnen Stunde umgeben von einem unsichtbaren, geruchlosen Gasgemenge, der Luft. Sie sehen, daß das Unvorstellbare sich manchmal in Armesnähe befindet und daß der Entdeckung großer Zusammenhänge zuweilen nichts hinderlicher ist als ihre Einfachheit. Meine Damen und Herren, Sie haben verstanden, um welches Problem es hier geht: um die Klarstellung des Prozesses bei der Verbrennung eines beliebigen Stoffes. Sie werden über zwei Theorien zu entscheiden haben, die so verschieden sind, daß nur eine von ihnen – oder, sagte Antoine Laurent Lavoisier lächelnd, gar keine – die richtige sein kann. Hören Sie nun, was der Verteidiger des Angeklagten vorzubringen hat. Lavoisier schwieg. In beachtlicher Haltung erhob sich der Anwalt der bösen Sache und begann zu sprechen.

Die Ausführungen des Herrn Vorsitzenden, sagte er, gestatten mir, ohne Einleitung von den Tatsachen selbst zu reden. Mein Klient, der im Jahre 1734 verstorbene Arzt Georg Ernst Stahl, faßte eine auf den Philosophen Plato zurückgehende Anschauung in seiner sogenannten «Phlogistontheorie» zusammen. Nach ihr sollten alle Körper beim Verbrennen einen gasförmigen Stoff, das Phlogiston, abgeben und in dephlogistierte Körper übergehen. Stahl teilte die Substanzen in phlogistonarme und -reiche. Durch Erhitzen mit letztgenannten, wie zum Beispiel Kohle oder Wasserstoff, so nahm er an, sollten dephlogistierte Körper wieder Phlogiston aufnehmen und sich in die ursprünglichen Substanzen zurückbilden.

Der paralytische Anwalt des deutschen Angeklagten putzte seine Nase und schüttelte betrübt den Kopf, als der Darsteller des schwer geschädigten Oxygens höhnisch auflachte.

Herr Verteidiger, sagte der junge Mann im silbernen Trikot, von dem Recht der akademischen Konversation Gebrauch machend, Sie behaupten also, daß nach der Theorie Ihres Klienten bei jeder wie immer gearteten Verbrennung ein Körper, den Sie Phlogiston nennen, die verbrennende Substanz verläßt.

Jawohl, sagte der Anwalt der bösen Sache borniert. Er wußte, was nun kam. Er hatte den Proben zu dieser Szene beigewohnt.

Sie werden mir gewiß recht geben, fuhr der Darsteller des schwergeschädigten Oxygens fort, wenn ich behaupte, daß jede Substanz, selbst ein Gas, ein gewisses spezifisches Gewicht aufweist und daß es schwerelose Substanzen nicht gibt.

Ich leugne es nicht, sagte der Anwalt und sah den Sperlingen zu, die in den Bäumen lärmten.

Das Oxygen lächelte.

Meine Damen und Herren, sagte es, wir sind nach diesen Vorbereitungen in der Lage, den ersten Schlag gegen die Theorie dieses Scharlatans zu führen. Herr Lavoisier hat sich die Mühe genommen, einen solchen Verbrennungsvorgang wägend zu verfolgen, das heißt: er stellte zum erstenmal das Gewicht des unverbrannten und zum anderen jenes des verbrannten Mediums fest. Dabei ergab sich, sagte der Jüngling, die Stimme hebend, daß trotz des von der Gegenseite zur Theorie erhobenen Entweichens des ebenso lächerlichen wie mysteriösen Phlogistons das Endprodukt dieses Vorganges nicht leichter, sondern *schwerer* war als das Ausgangsmaterial.

Mit einem leichten Schlag seines Hammers rügte Lavoisier die Unruhe seiner Zuhörerschaft. Er hatte die Rollen gut verteilt, dachte er bei sich, und die Worte richtig gewählt. Selbst den idiotischen Gigolos eines vom Tode überschatteten gehobenen Bürgertums mußte klargeworden sein, worum es hier ging. Der Darsteller des Oxygens, ein beschränkter, zu hübscher Junge, war über der vorteilhaften Position, die ihm zufiel, in Feuer geraten.

Ich bitte den Herrn Verteidiger, rief er, mir den ridikülen Widerspruch zu erklären, der sich hieraus ergibt.

Der Anwalt Stahls warf eine Hand auf und krächzte in einem Gemisch von Gleichmut und Unverschämtheit: Wir nehmen das Gewicht des Phlogistons *negativ* an.

Diese Erklärung schien dem Auditorium ungeheuerlich. Es war, als hätte sie ein unwirkliches Licht auf diese Verhandlung geworfen, in welchem die Menschen zu Schatten und ihre Gedanken zu Nachtmahren wurden.

Ein negatives Gewicht, wiederholte das Oxygen. Wenn ich aus einer Menge einen Teil entferne, dann gewinne ich an Gewicht? Und umgekehrt, wenn ich zu einer Substanz eine andere hinzufüge, dann verliere ich an Gewicht? Ich behaupte im Namen des gesunden Menschenverstandes, daß es dergleichen nicht gibt. Die Rufe der Menge gaben ihm recht.

Man kennt doch auch, sagte der Anwalt hüstelnd, positive und negative Zahlen, die bei gleichen Rechenoperationen umgekehrte Ergebnisse zeitigen...

Verteidiger, rief Lavoisier scharf, vermengen Sie nicht abstrakte mit konkreten Begriffen.

Euer Ehrwürden, stammelte der Paralytiker, ich versuche lediglich, dem jungen Mann begreiflich zu machen, daß es sich hier um sehr subtile, ja fiktive Begriffe handelt.

In meiner Wissenschaft, sagte das Oxygen mit heller Stimme, soll es keine fiktiven Begriffe geben.

Sie, entgegnete der Anwalt, den Mund verziehend, befinden sich noch in jenem glücklichen Alter, da die Welt schwarz-weiß gemalt scheint und die Menschen entweder Schurken oder Heilige sind. Enthusiasmus, mein Freund, ist immer anziehend, selbst wenn es um eine Sache geht, die man nicht versteht.

Und Zynismus, schrie das Oxygen wütend, läßt gewöhnlich einen Feigling in dem Manne vermuten, der sich seiner bedient.

Der Hammer schlug auf den Richtertisch.

Meine Herren, sagte Lavoisier, ich verbiete Ihnen jeden Versuch gegenseitiger Charakteristik. Man beweist Klugheit nicht allein mit dem Kopf und Mut nicht allein mit der Faust. Was Stahls Theorie betrifft, Herr Verteidiger, sagte er, so ist sie nach Ihren eigenen Worten auf einem fiktiven Begriff höchst fragwürdiger Natur begründet. Es sollte selbst in Theorien, sofern sie wohlbegründet sind, keine solchen geben.

Der Anwalt seufzte. Es machte wenig Vergnügen zu sehen, wie die Regie auch die kleinste Pointe der Gegenseite zuschob.

Die Ansichten eines Mannes, der sich im Unrecht wußte, konnte sehr wohl gleichfalls von Interesse sein, dachte er und erinnerte sich, daß Lavoisier versprochen hatte, ihn für diesen Vormittag zu bezahlen.

Ich stelle den Antrag, sagte er, die Theorie meines Klienten eine Hypothese zu nennen, um den Gebrauch fiktiver Begriffe zu entschuldigen.

Es wurde gelacht. Ach, ihr Idioten, dachte der alte Mann, und plötzlich verachtete er auch Lavoisier.

Obgleich, sagte dieser eben, mit zwei Fingern an seinem Spitzenhemd zupfend, mir dies als unwürdige Wortklauberei erscheint, ist das Gericht bereit, Ihrem Wunsch nachzukommen. Es soll des weiteren von einer Hypothese die Rede sein.

Er trank aus einem Glas.

Lassen Sie mich, fuhr er fort, meine Damen und Herren, Ihnen einige weitere historische Tatsachen bekanntgeben. Das größte Naturgeheimnis zu allen Zeiten war das Feuer. Den Menschen des

Altertums schien es göttlicher Herkunft, und sie beteten es an. Zu jener Zeit, da die Griechen Konstantinopel zurückeroberten, in der zweiten Hälfte des 13. Jahrhunderts, machte ein Deutscher die Beobachtung, daß jede Flamme bei Luftmangel erlosch. Damals begann man darüber nachzudenken, welche Bewandtnis es wohl mit der Luft habe, daß sie das Feuer erhielt. Paracelsus und Boyle – zwei Namen nur aus einer langen Reihe – bemühten sich um die Lösung dieser Frage. Sie kamen nicht ans Ziel. 1720 gab der Angeklagte Georg Ernst Stahl seine eigene Theorie des Verbrennungsvorganges zum besten, die schon zu jener Zeit, ihrer verzweifelten Widersprüche wegen, von weiten Kreisen abgelehnt wurde. Als der Chemiker Scheele fünfzig Jahre später den Sauerstoff fand, hielt er das neue Gas trotzdem noch für «dephlogistierte Luft», ein Beweis dafür, wie sehr selbst eine falsche Lehre Teil einer Wissenschaft werden und mit ihr weiterwachsen kann. Scheele zerlegte die bis dahin als einheitliches Medium angesehene Luft in zwei Gase, von denen nur das eine in der Lage war, Verbrennungen zu unterhalten. Verstehen Sie mich recht, meine Damen und Herren, sagte Lavoisier, das Gemenge von beiden, Luft genannt, war einer Verbrennung gleichfalls förderlich. Von den gespaltenen Bestandteilen jedoch nur der eine. Ein Gas mit gleichen Eigenschaften wie jenes durch Erhitzen einer sauerstoffhaltigen Quecksilberverbindung rein darzustellen, gelang zum erstenmal den Chemikern Priestley und Scheele.

Frau Lavoisier hob erstaunt die Brauen, als sie hörte, wie ihr Gatte mit jahrelangen Gewohnheiten brach und sich dazu herbeiließ, wahrheitsgetreu die Namen der Männer bekanntzugeben, denen er seine eigenen Erkenntnisse verdankte. Es mußte, so entschied sie, sich hierbei um ein überlegtes Regiedetail handeln, das darauf abzielte, einen Eindruck von Fairneß und Ritterlichkeit zu erwecken.

Meine Damen und Herren, fuhr Lavoisier fort, behalten Sie, bitte, den Umstand im Gedächtnis, daß dieses Gas, der Sauerstoff, durch *Erhitzen* einer festen Substanz gewonnen wurde, indem er aus ihr in Freiheit trat. Erlauben Sie mir nun, die Hypothese des Phlogistons durch einen einfachen Versuch zu illustrieren, der ihrem Verständnis zu Hilfe kommen wird. Lavoisier verließ seinen Platz und schritt, gefolgt von dem jungen Mann im blau-silbernen Trikot und einem Laboratoriumsdiener der Universität, zu einem kleinen Tisch, der sich vor den Bänken der Sachverständigen befand. Neben einigem chemischen Gerät bemerkte man auf ihm ein Bekken voll glühender Kohlen, die der Gehilfe nun mit einem Blasebalg anfachte.

Es war sehr still im Hof geworden, nur die Sperlinge lärmten in den alten Bäumen. Lavoisiers spitze Finger hoben eine Phiole mit einer grauen Substanz empor.

Wir werden, sagte er dazu, eine kleine Menge der Zinnspäne, die Sie hier sehen, verbrennen und ihr Gewicht vor und nach dieser Operation bestimmen. Der Anwalt des Phlogistons hatte gleichfalls seinen Platz verlassen und trat näher.

Setzen wir voraus, sagte Lavoisier, daß Stahls Anschauung richtig ist, dann müssen die Späne nach der Verbrennung weniger wiegen als vor dieser. Denn es entweicht, nach der Theorie – Verzeihung, Hypothese – des Angeklagten, ein Stoff, das Phlogiston, aus ihnen, der, falls er eine Substanz ist, auch Gewicht haben muß. Dieses Gewicht aber sollte als Differenz der beiden Wägungen aufscheinen.

Das Phlogiston, unterbrach der Verteidiger, wenn ich den Herrn Vorsitzenden daran erinnern darf, wurde von dem hohen Gerichtshof als fiktiver Begriff zugelassen.

Sehr richtig, erwiderte Lavoisier hochmütig, und?

Mithin scheint mir, sagte der Anwalt langsam, auch die Möglichkeit des schon erwähnten negativen Gewichtes gegeben zu sein.

Mein Herr, antwortete Lavoisier, Ihr Alter scheint Sie zu hindern, klar zu denken. Ich könnte mir vorstellen, daß eine fiktive Substanz schwerelos ist. Ja, das vermöchte ich in der Tat. Der Gedanke jedoch, ihr ein negatives Gewicht zu geben, ist ebenso zulässig und ebenso absurd wie jener, daß sie ein positives ihr eigen nennt.

Der Anwalt blieb stumm.

Wenn aber, schloß Lavoisier, Ihre fiktive Substanz wirklich schwerelos wäre, dann müßten die Zinnspäne nach der Verbrennung mindestens ebensoviel wiegen wie vor dieser.

Die Zuhörerschaft lauschte gespannt.

Bitte, sagte Lavoisier zu dem Gehilfen, nehmen Sie eine kleine Menge der Späne und notieren Sie ihr Gewicht.

Der Diener folgte der Anweisung und schrieb mit Kreide eine Zahl auf die schwarze Platte des Tisches. Danach schüttelte er die Späne in einen Tiegel und übergab ihn Lavoisier, der das kleine Gefäß mittels einer Zange auf die glühenden Kohlen des Beckens stellte.

Die Späne, sagte er, verbrennen nun. Sie ändern ihre Farbe und zerfallen zu einem weißen Pulver. Nach einer Weile hob er den Tiegel wieder aus der Glut.

Wir lassen, verkündete er, den Inhalt erkalten und bestimmen danach das neue Gewicht. Er sah zu seiner Frau hinüber, die ihm zulächelte. Einige Minuten lang blieb es still im Hof der Tuilerien. Niemand sprach. Lavoisier betrachtete voll Interesse seine manikürten Nägel. Schließlich bedeutete er dem Gehilfen, das Gewicht der Asche neuerlich festzustellen. Viele Augenpaare ruhten auf den an der silbernen Waage hantierenden Fingern des Laboranten.

Schreiben Sie das Resultat auf, sagte Lavoisier, und der kleine Mann mit dem schmutzigen Arbeitsmantel und den säurezerfressenen Händen notierte eine zweite Zahl. Einige Menschen aus dem Publikum erhoben sich.

Die Asche, verkündete der Gehilfe, wiegt nach dem Versuch um etwa ein Viertel mehr als die Späne. Dies, meinte Antoine Laurent Lavoisier, erweckt doch zweifellos nicht den Eindruck, daß eine Substanz verschwunden, sondern vielmehr den, daß eine hinzugekommen sei. Niemand sprach.

Nehmen Sie den Tiegel, sagte Lavoisier zu dem Diener, und mischen Sie in ihm die Asche mit Kohlenpulver, einem nach der Lehre des Angeklagten äußerst phlogistonreichen Stoff. Wir wollen sie wiederbeleben, indem wir beide gemeinsam erhitzen.

Der Laborant folgte den Anweisungen. Wieder erglühte der Tiegel auf den Kohlen. Wieder ließ man ihn erkalten. Wieder wog man den Inhalt. Dann sagte der Gehilfe interesselos:

Es zeigt sich, daß die Substanz nun wieder ebensoviel wiegt wie vor den Versuchen. Sie trägt ihren alten metallischen Charakter. Das Kohlenpulver ist verschwunden.

Der Darsteller des schwergeschädigten Oxygens schrie den allgemeinen Lärm nieder, der nun losbrach.

Meine Damen und Herren, rief er, wir haben mit diesem Versuch Stahls Theorie Lügen gestraft. Wir haben im Laboratorium festgestellt, daß sich das Zinn zunächst mit dem Sauerstoff der Luft zusammentut und deshalb schwerer wird, während in der zweiten Phase des Experimentes der Kohlenstaub diesen Sauerstoff an sich reißt, um in eine farblose Gasverbindung überzugehen und das anfängliche Zinn zurückzulassen. Wir haben endlich durch genaue quantitative, das heißt mengenmäßige, Versuche bewiesen, daß jenes Endprodukt, wie überhaupt das Endprodukt jeder Verbrennung, genausoviel wiegt wie der verbrannte Körper und der verbrauchte Sauerstoff zusammen.

Unter lange verzögertem Beifall gingen die Akteure dieses Schauspiels auf ihre Plätze zurück.

Nieder mit Stahl, schrie die Menge. Es lebe das Oxygen.

Lavoisier hob eine Hand, und der Lärm verstummte langsam.

Sie haben, sagte er, nun beide Theorien gehört und Gelegenheit, sich eine eigene Meinung zu bilden. Lassen Sie mich zum Schluß kommen, indem ich die Ergebnisse unserer Überlegungen und Versuche nochmals rekapituliere. Meine Damen und Herren, es gibt in der Chemie zwei Hauptreaktionen. Wir nennen sie Oxydation und Reduktion. Unter der ersten verstehen wir die Verbindung eines Elementes mit Sauerstoff zu einem Oxyd. Die Reduktion ist die Loslösung dieses Sauerstoffes durch einen anderen, stärkeren Stoff, wodurch das Oxyd wieder in den Ausgangszustand übergeht.

Der Angeklagte sah zu seiner Zeit nur die äußeren Vorgänge dieser Reaktionen. Er meinte, daß bei jeder Verbrennung ein Stoff, den er Phlogiston nannte, entweiche. Ein brennbares Element wie unser Zinn war ihm ein zusammengesetzter Körper aus Zinn und Phlogiston, während er in dem verbrannten Produkt, das wir als Zinnoxyd erkannten, das einfache Element sah.

Bei der Wiederbelebung dieser Substanz durch phlogistonreiche Medien wie Kohle oder Wasserstoff, die nach unserer Theorie außerordentlich starke *Reduktions*mittel sind, sollte sich laut Stahl jene aus Zinn und Phlogiston zusammengesetzte Verbindung zurückbilden, von der wir wissen, daß sie nichts anderes ist als einfaches Zinn. Ich glaube, sagte Lavoisier, das ist alles. Er wandte sich an das schwergeschädigte Oxygen. Nein, erwiderte dessen Darsteller auf Lavoisiers Frage, er habe nichts hinzuzufügen.

Und Sie, Herr Verteidiger, fragte der Richter mit unangenehm gütiger Stimme.

Ich bitte, sagte der alte Mann stammelnd, bei der Fällung des Urteils zu berücksichtigen, daß zur Zeit meines Klienten der Sauerstoff noch nicht gefunden war und Theorien mit ihm deshalb unmöglich blieben. Unwissenheit, Herr Verteidiger, erwiderte Lavoisier achselzuckend, ist zwar die Ursache fehlerhafter Anschauungen, doch sie genügt nicht, um solche zu entschuldigen.

Dann, murmelte der Verteidiger, habe ich nichts mehr zu sagen.

Meine Herren, rief Lavoisier munter, sich an die Reihe der Sachverständigen wendend, Sie haben nun Zeit, Ihr Urteil zu fällen, und können sich, wenn Sie es zum Zweck einer Beratung wünschen, zurückziehen.

Dies, antwortete der Sprecher der kleinen Gruppe, nachdem er sich kurz der Meinung seiner Kollegen vergewissert hatte, ist über gemeinsamen Beschluß unnötig geworden.

Und, fragte Lavoisier, wie lautet Ihr Urteil?

Wir erkennen den Angeklagten, sagte der Sachverständige, für schuldig an der Aufstellung und Verbreitung einer unheilvollen Irrlehre, welche dem Aufbau einer neuen Lehre hinderlich war und bedeutende Geister unserer Zeit verwirrte, und überantworten seine Schriften dem Feuer.

Er trat an den Richtertisch heran, ergriff die Abhandlung des Georg Ernst Stahl und reichte sie dem Henker. Frau Lavoisier nahm sie entgegen und trug das Buch langsamen Schrittes zu dem glühenden Becken, vor dem sie stehenblieb.

Frau Lavoisier zögerte einen Augenblick. Dann warf sie das Werk des deutschen Arztes und Physikers Georg Ernst Stahl auf die roten Kohlen der Schale. Ein wenig grauer Rauch stieg auf. Aus ihm schoß eine Flamme empor.

An diesen Vorfall erinnerte sich Alexandre César Charles, als der Gerichtssaal der Revolution für kurze Zeit vor seinen Augen verschwamm und er sich zurückversetzt meinte in die Kühle jenes Sommermorgens.

Und auch in den folgenden Stunden und Tagen, die bis zur Enthauptung Antoine Laurent Lavoisiers verstrichen, blieb der Eindruck jener Szene im Geiste des alten Mannes bestehen.

Seine Bemühungen, den zum Tode Verurteilten aus dem Kerker zu befreien, waren vergebens, seine Gesuche wurden abgelehnt, und ihm selbst wurde bedeutet, er täte gut, sein Mitgefühl an Würdigere zu verschwenden. Charles resignierte. Er gab Antoine Laurent Lavoisier, den Chemiker und Blender, verloren. Man konnte, dachte er, sich allenfalls darüber verwundern, daß der einer Irrlehre überführte Georg Ernst Stahl ein friedliches Ende gefunden hatte, während sein Richter, der sich im Besitz der Wahrheit sah, auf dem Schafott enden mußte. Es schien in der Tat, als sei das Höchste, zu dem Menschen gelangen konnten, nicht der Ruhm und auch nicht das Recht, sondern die Macht. Denn diese allein gestattete jenem, der sie in Händen hielt, verstorbene Schuldige wie lebende Gerechte zu bestrafen. Die Macht hatte das Recht. Es würde, dachte Charles, wohl kaum je eine Zeit geben, in der das Recht allein die Macht besaß.

Er folgte dem Zuge der Karren, der sich am 8. Mai des Jahres

1794 gegen 9 Uhr morgens durch die Straßen der Stadt bewegte, und seine Augen hingen an dem Manne, der, herausgerissen aus dem heiteren Frieden der Bibliotheken und Laboratorien, untadelig gekleidet, hochmütig und aufrecht seinem Tode entgegensah. Lavoisiers weißes Seidenhemd leuchtete in der Sonne. Er trug Schuhe mit silbernen Spangen. In der Hand hielt er eine erblühte Rose. Als der Wagen seine Fahrt verlangsamte, hob er sie noch einmal gegen das Gesicht, um ihren Duft zu spüren, und warf sie danach fort in das Gewühl des Pöbels.

Die Stufen zur Guillotine hinauf schritt er wie ein Schauspieler, auf dem die Augen eines hingerissenen Publikums ruhen.

Das Leben, dachte Charles, war ihm nur eine Bühne, und Eitelkeit, brillante Eitelkeit, die Triebkraft seines sonderbaren Daseins.

Das Fallbeil wurde hochgezogen.

Franzosen, schrie Antoine Laurent Lavoisier, als ihn die Fäuste der siegreichen Brüderlichkeit packten, es wäre eine Schande, von euch nicht geköpft zu werden.

Der Henker grinste.

# DAS LÄCHELN

Sie heißen Maria und Ismael.

Ihren zweiten Namen habe ich vergessen, denn seit sich begab, was ich erzählen will, regnet es sich zu Tode, und Wetter wie dieses ist ungut für mein Gedächtnis, es wäscht ab, was geschah, und läßt mich mit Schatten zurück, welche weinen. Deshalb meine ich auch, daß es an der Zeit ist, mit meiner Geschichte zu beginnen, damit nicht auch sie mir entfällt gleich wie der Name.

Das Mädchen also, welches Maria heißt, zählt fünfzehn Jahre, ihr Bruder Ismael erst elf, und es muß gesagt werden, daß er diese Altersdifferenz schmachvoll empfindet. Seinem Vornamen ist keine Bedeutung zu geben, er verdankt ihn allein einer Laune des Vaters, der die Bibel zu lesen pflegte, wenn er sich betrunken hatte. Er hieß Hieronymus, war von Beruf Seemann, der Meinung vieler nach ein schlechter Mensch, und ging mit der «Polyantha» nach Santa Cruz, um eben dort, gegen die Mitternacht eines 28. November hin, zu ertrinken.

Das geschah vor fünf Jahren.

Ismaels Schwester Maria hingegen trägt ihren Namen gleich einer hellen Gloriole, denn es ist jener der Mutter, Maria Theresa, die eine Künstlerin ist und die Menschen behext. Sie behext sie des Abends, jedes Abends, im «Chapeau rouge», einem Lokal, das einem Chinesen und einem Russen gehört und dort hinaus liegt, wo die Mauern des Kais schon wieder die Flut an sich fühlen. Maria Theresa ist eine Tänzerin.

Sie kann nicht lesen, nicht schreiben, nicht mehr lachen. Doch wenn sie tanzt, ist es den Männern der Schenke, als offenbare sich ein Engel Luzifers und eröffne das siebente Siegel. Sie kennt nur einen Tanz, und sie weiß nur ein Lied, sie trägt ein graues Gewand und zeigt sich niemals entkleidet und vermag doch die Sinne zu fangen wie keine. Groß ist ihr Ruhm.

Matrosen malaischer Dschunken tragen ihr Bild, Abenteurer Portugals und Sibiriens küssen ihre Hand, und Steuerleute fremder Schiffe vor Anker bringen ihr Tee. Der Kapitän eines türkischen Seglers kommt jährlich einmal in diesen Hafen, um sie für Stunden zu sehen und ihre Stimme zu hören. Er ist ein älterer Mann, der seine Familie verließ und Maria Theresa zu Zeiten bittet, ihm zu folgen. Doch dies ist unmöglich. Maria Theresa sagt es ihm freundlich und ohne Ungeduld: sie, die viele bewegt, muß allen und darf keinem gehören, sonst erlischt ihre Macht...

Die Zeit, in der man lebt, ist schwer, und ich hörte die Leute sagen, daß Maria Theresa sich und die Kinder nicht zu nähren vermag von dem, was die Besitzer des «Chapeau rouge» ihr als Bezahlung bestimmen. Hierin liegt der Grund für den Umstand, daß zu des Sommers Zeit, schräg gegenüber dem Polizeigefängnis, ein Eissalon sich befindet, welchen zwei Kinder, ein Knabe und ein Mädchen, führen.

Diesen Salon, der aus einem großen Raum in fröhlichen Farben besteht, hat der türkische Kapitän eingerichtet und ihnen zum Geschenk gemacht, als er voll Glück erkannte, daß er helfen konnte. Er hat für das Geschirr, die Teller, Löffel und Gläser, für Bilder an den Wänden und für aprikosenfarbene Vorhänge gesorgt und auch für eine gewaltige Maschine zur Bereitung des Eises. Die Farbe des Raumes ist das sorglose Grün unreifer Äpfel, die Türen und Fensterläden sind weiß, und die kleinen Tischchen mit ihren Stühlen tragen nicht etwa die frigide Herrlichkeit falschen Marmors zur Schau, sondern einen nachdrücklichen, von keinem Bedenken angekränkelten Anstrich in tiefem Zinnober. Niemandem kommt es in den Sinn, an dieser dubiosen Zusammenstellung der Farben Anstoß zu nehmen, denn wir alle lieben das Bunte.

Der Salon hat ein regelmäßiges Publikum. Er ist an sieben Tagen der Woche von ein Uhr mittags bis sieben Uhr abends geöffnet, gerade zu jener Zeit, in der die Mutter, Maria Theresa, hinter den herabgelassenen Bastjalousien ihres Zimmers jene Kraft wieder zu erlangen sucht, die es nimmt, bis fünf Uhr morgens die Spaßhaftigkeit skandinavischer Lotsen zu ertragen.

Der Salon ist ein Garten im Lande der Armen, und wenn es Ismael gelingt, dem Koffergrammophon Töne des Tanzes zu entlocken, dann bewegen sich Schiffer, Apachen und Mädchen der Vorstadt mit der gleichen Hingabe um die Mitte des blankgescheuerten Dielenbodens, welche zu eben dieser Zeit die Damen und Herren des «Ritz», des «Carlton» oder des «Savoy» beweisen, die sich im Besitz entsprechender Manieren und Kleidung und aller Privilegien der Reichen wissen. Der Salon ist ein Eldorado im Osten. Und er wird, ich sagte es schon, von Maria und Ismael geführt, von ihnen allein.

Während Ismael, bewaffnet mit einer unwahrscheinlichen Spachtel und mit dem Gesichtsausdruck eines Herkules, immer wieder wachsam jenen Teil des sich bildenden Eises von der Wand der kreisenden Trommel schabt, den die Zentrifugalkraft dorthin wirft, während er die Zugabe von Salz und Wasser beachtet und das Einbringen der Essenzen besorgt, bedient Maria die Gäste. Dies ist die größere Arbeit, und es kommt zu Zeiten, da Ismael sich gezwungen sieht, die Maschine ihrem Schicksal und ihren Inhalt den unvorhersagbaren Einflüssen der erwähnten physikalischen Kraft zu überlassen, um seiner Schwester zu helfen, die Schar der Gäste zu bewältigen. Denn an den heißen Nachmittagen des August sitzen nicht nur Männer dicht gedrängt um die roten Tische, sie haben auch Mädchen auf den Knien und andere neben sich, und selbst dies ist nicht alles: in langer Schlange, bis in die Gasse hinaus, stehen Kauflustige mit bleichen, schweißperlenbesäten Gesichtern und heißen Geldstückchen in den feuchten Händen und begehren Kühlung.

«Zitrone-Malaga» verlangen sie und «Kaffee-Schokolade» und «Vanille allein». Wobei, wie Ismael meint, das erste von Friseurlehrlingen, das zweite von jenen munteren Mädchen, die wir später auf dem Schoß braunhäutiger Matrosen finden, und das letzte von alten Frauen gefordert wird, die, ganz in Schwarz gekleidet, mit zitternden Händen ihrer zerschlissenen Mantille ein runzeliges Geldsäckchen entnehmen und seinen Inhalt auf die Groschenschale schütten. Das sind die Besessenen, die raffiniert Lasterhaften, die wissen, daß sie besser tun, fünfmal zu zehn als einmal zu fünfzig zu begehren...

Natürlich erweisen sich die Kombinationsmöglichkeiten der sechs Sorten Fruchteis, die Maria und Ismael erzeugen, als weit größer und lassen einer Vielzahl von Charakteren Raum, über die alle Ismael ein klares Bild gewonnen hat. Gewonnen bis auf eine: jene, die da nonchalant und allen Interesses bar «gemischt» verlangen oder «egal».

Vor solchen Gästen empfinden die Kinder Scheu, denn es geschieht, daß sie sich manchmal als Verirrte aus einer anderen Welt erweisen, wenn auch nur aus der des Westends. Doch sagt mir Maria, daß selbst Männer mit Handschuhen und richtigen Hüten sowie Mädchen in Kleidern aus Seide sich zwischen Himbeer und Ananas ihren Weg zu einer Bestellung erkämpfen müssen, wie einstmals Odysseus den seinen zwischen Charybdis und Scylla.

Ismael bereitet die Sorten und verwaltet die Bestände und Rezepturen, kleine blaue Zettel, bedeckt mit mühsamer Kinderschrift. Einmal erblickte ich einen von ihnen, und dies ist, was ich sah:

| | |
|---|---|
| Wasser | 10 Liter |
| Zucker | 8 |
| Zitronenessenz | 4mal die blaue Tasse ohne Rand |
| Salz | 15 |

Hier muß ich einfügen, daß die Zahlen 8 und 15 nicht das 8-, beziehungsweise 15fache der gebräuchlichen europäischen Gewichtseinheit bedeuten, sondern 8 oder 15 Kugeln. Denn der Salon hat zwar eine Waage, oh, eine ausgezeichnete Waage, jedoch keinen Gewichtssatz. So daß sich Ismael gezwungen sieht, an seiner Stelle eine Reihe jener aufregenden Glaskugeln zu verwenden, die auf unerklärliche Weise von bunten Fäden durchzogen sind und die man «Murmeln» heißt.

Maria bedient die Gäste an den Tischen. Sie ist schon sehr erwachsen. Sie weiß, wann sie zu lächeln hat, sie weiß, ob sie sich freuen darf oder fürchten muß, wenn dieser oder jener den Salon betritt, und sie versteht es, im größten Gedränge jene Paare zuerst zu bedienen, die so glücklich und abgeschieden in einer der Ecken sitzen, daß man sie überhaupt nicht zu bemerken brauchte. Ihnen gehört Marias Sympathie. Das versteht Ismael nicht, sagt sie mir. Nun ja, wenn sie von Gästen eingeladen wird, ein Glas Eis mit ihnen zu essen, dann knickst sie leicht und erwidert freundlich: O gewiß, wenn ich darf. Da ist sie reizend.

Auch ich lud sie häufig ein, doch seit ich sah, daß sie sich zwar ein Glas füllt, es aber nach einer schicklichen Pause noch einmal verkauft, ohne es zu berühren, ziehe ich vor, doppelt so viele Portionen zur Bezahlung anzugeben, als ich konsumiert habe.

Nicht immer, meint Ismael, war es so heiter. O nein. Wie gerne gedenkt er mit sehnsüchtigem Grausen jenes Tages, da der große Louis sich in ihrem Salon erschoß, oder jenes, da Don Rinaldini und Razin Dieroff sich mit Messern stachen, daß man das Blut heute noch sehen kann, ach, und jenes größten, da ein Mörder, ein wirklicher Mörder, hier von dem guten Sergeanten Bernard – im Namen des Gesetzes – verhaftet wurde. Ach, atemlose Zeiten. Heute, meint Ismael, geschieht schon lange nichts mehr. Doch es geschieht noch manches. So gestern erst, da ich an einem Tisch beim Fenster Kokos-Vanille verzehrte, was nach Ismael einen Briefträger leichtfertigen Charakters in mir vermuten läßt. Da geschah etwas. Nur, daß es niemand sah. Außer mir. Und ich will es nicht für mich behalten. Hören Sie also:

In der Menschenkette, die sich langsam an der Theke vorüberschob, erblickte ich ein Individuum von unvorstellbarer Kleinheit. So klein war das Individuum, daß man auf sein Vorhandensein nur aus der Lücke schließen konnte, welche es zwischen zwei Gliedern der lebenden Kette entstehen ließ. Man mußte näher treten, um es zu sehen. Ich trat näher.

Und ich sah einen kleinen, schmutzigen Jungen, flachsblond und bloßfüßig, an dem besonders die Unruhe auffiel, die ihn erfüllte. Er hüpfte und schnaufte, grimassierte heftig, rieb mit der Sohle seines nackten Fußes am Unterschenkel des anderen Beines und schien eben in das kritische Stadium vor einer lebenswichtigen Entscheidung zu treten. Allein, ich sollte ihn bald verstehen, ihn und seine Erregung. Die Frau vor ihm entfernte sich mit einem großen gefüllten Glaskrug, sie fiel aus der Kette wie ein Ring, und Ismael wandte sich an das Individuum, das in der Nase bohrte.

Nun, fragte Ismael.

Zitronen-Marillen. Zu ... zu fünfzig, sagte das Individuum, und man sah ihm an, daß es damit einen Rubikon überschritten hatte.

Waffeln oder Tüte? Das Individuum entschied sich zögernd für Waffeln.

Ismael füllte die Oblaten.

Ismael strich das Eis glatt.

Ismael reichte die Waffel halb über den Tisch. Eine Pause brach ein, eine entsetzliche Pause.

Fünfzig, mahnte Ismael unwirsch, die gefrorene Kostbarkeit voll Instinkt etwas zurücknehmend.

Fünfzig.

Das Individuum wurde rot wie die Lacktische, an welchen die kleinen Mädchen saßen.

Ich, sagte es belegt, ich ...

Die Schlange brummte.

Was? fragte Ismael.

Ich habe ... ich bin ... ich habe kein Geld.

O namenlose Scham der Armut, o Schande, Schande! Das Individuum senkte das Haupt und schluchzte – noch trocken. Ismael richtete sich auf und verlor damit den Zerschmetterten aus den Augen. Die Jugend ist grausam.

Scher dich weg, sagte Ismael. Na, wird's? Scher dich weg!

Nein, sagte das Individuum. Und begann zu weinen. Alles, alles brach aus ihm, Armut, Qual der Schwäche, Elend des versagten Genusses, und es weinte bitterlich. Das war schrecklich. Ich drängte mich vor, um Ismael den elenden, den gottverfluchten Groschen zu geben, der diese Tränen trocknen würde – da kehrte Maria mit einem Tablett leerer Gläser zurück und sah und erkannte und verstand. Was nun geschah, war wundervoll. Ich werde viele Monate der Einsamkeit und der Enttäuschung tragen, wenn ich nur diesen Eindruck bewahre in mir.

Maria nahm Ismael die Waffel aus der Hand und hob das tränenverheerte Antlitz des Individuums, das sich verzweifelt mit der Stirn gegen den Rand der Theke geworfen hatte, wie um zu bekunden, daß dieses hier sein Ende sei – und trocknete seine Augen mit einem blauen Tuch. Sodann legte sie die Waffel in seine schmutzige Kinderhand, schloß sie darum und sagte lächelnd: Geh.

Und während das Individuum noch im Begriffe stand, sich zu sammeln, verlangten die nachdrängenden Gäste: Malaga-Erdbeer, Himbeer-Kaffee.

O Gott, wenn du barmherzig bist, laß mich dieses Lächeln bewahren und nicht verlieren in der Zeit, laß mich seiner gedenken in den Stunden der Trauer und in den Nächten der Furcht. Denn dieses Lächeln war kostbarer als Gold, Weihrauch und Myrrhe, von Königinnen dargebracht, kostbarer als Klugheit, Ruhm und das Wissen um die Geheimnisse der Welt. Es war das Lächeln der Mutter, das ich in dem Gesicht dieses mageren kleinen Mädchens erblickte. Es war stark und frei wie das Meer, süß und leise wie die Hand der Geliebten, hoch und hell wie der Himmel im Herbst. Es war so alt wie die Welt. Es war das gleiche, das eine andere Maria in ihrem Antlitz trug, da auf dem Berge der Wind wehte und sie ein Kindlein wiegte in einem dunklen Stall, dieweilen Joseph nicht mehr die Finger zu biegen vermochte. Denn es war Winter und kalt.

# INHALT

## rororo thriller

**Herausgegeben von Richard K. Flesch**

**RAOUL ANDERLAND** ● Verrat ist kein Gesellschaftsspiel [2164]

**PAUL ANDREOTA** ● Mord im Zickzack [2240] ● Lebenswandel mit Todesfolge [2280]

**GEORGE BAXT** ● «Ich!» sagte der Dämon [2219] ● Flirt mit Scotland Yard [2287] ● Ein Brief an Sappho [2317]

**JACK BEECHING** ● Das Dakota-Projekt [2324 – Okt. 1974]

**JOHN BINGHAM** ● Der Doppelagent [2143] ● Warum sagen Sie das jetzt erst, Sir? [2198] ● Marion [2247] ● Geier in der Sonne [2288]

**SUZANNE BLANC** ● Die Tote in Hongkong [2267]

**BOILEAU/NARCEJAC** ● Mensch auf Raten [2115] ● Parfum für eine Selbstmörderin [2174] ● Appartement für einen Selbstmörder [2209] ● Das Geheimnis des gelben Geparden [2232] ● Die trauernden Witwer [2238] ● Gesichter des Schattens [2251] ● Das Leben eln Alptraum [2319]

**J. M. BOSSE** ● Schon damals in Naha [2321 – Sept. 1974]

**CHRISTIANNA BRAND** ● Mörder, Monstren und Makabres [2229] ● Gangster, Geister und Ganoven [2246]

**J. E. BROWN** ● Zwischenfall mit Zeitzünder [2276]

**JOHN BRUNNER** ● Anderer Leute Kastanien [2316]

**JAMES M. CAIN** ● Blutiger Schmetterling [2231]

**HERON CARVIC** ● Alter schützt vor Gaunern nicht [2205]

**STANLEY COHEN** ● Ein Rotkopf wird gekidnappt [2249]

**JOHN FARRIS** ● Dynamit in der Aula [2302]

**STANTON FORBES** ● Totentausch [2204] ● Ich bin nur die Tochter des Sheriffs [2228] ● Ein Kreuz für Schwester Love [2262] ● Ein Brief aus dem Gefängnis [2281] ● Eine Insel zum Sterben [2320 – Sept. 1974]

**ARTHUR GOLDSTEIN** ● So sollte keiner sterben müssen [2314]

T/X

**Nationalzeitung, Basel:**

«... rororo thriller sind für raffinierte Genießer psychologisch perfekter Kriminalromane ein vollendeter Genuß: blendend geschrieben, perfekt gemacht.»

**RALPH MALONEY** ● Gentlemen in roten Zahlen [2305]

**A. C. MARIN** ● Unternehmen weißer Springer [2311]

**HANSJÖRG MARTIN** ● Gefährliche Neugier [2069] ● Kein Schnaps für Tamara [2086] ● Einer fehlt beim Kurkonzert [2109] ● Bilanz mit Blutflecken [2138] ● Cordes ist nicht totzukriegen [2146] ● Meine schöne Mörderin [2161] ● Rechts hinter dem Henker [2167] ● Blut ist dunkler als rote Tinte [2190] ● Einer flieht vor gestern nacht [2218] ● Tod im Dutzend [2237] ● Feuer auf mein Haupt [2256] ● Mallorca sehen und dann sterben [2270] ● Bei Westwind hört man keinen Schuß [2286] ● Schwarzlay und die Folgen [2303] ● Blut an der Manschette [2323 – Sept. 1974]

**WHIT MASTERSON** ● Mein Mann ist irr und läßt mich grüßen [2176] ● Die Zeugin soll sterben [2236] ● Ein Sarg für Colonel Heaston [2290]

**HELEN McCLOY** ● Lüg, wenn du kannst [2182]

**DONALD MCNUTT DOUGLAS** ● Yankee go home [2308]

**MARK McSHANE** ● Party zu fünft [2137] ● Die Sonntagsräuber [2309]

**JENNIE MELVILLE** ● Die Mörder von morgen [2285]

**STEFAN MURR** ● Nummer fünf – so leid es mir tut [2277] ● Der Tod war falsch verbunden [2301]

**D. J. OLIVY** ● Frag nie den Polizisten [2255]

**JANINE ORIANO** ● B wie Baptiste [2266]

**LAURENCE ORIOL** ● Die schweigende Zeugin [2132] ● Meine Kinder, die Mörder [2199] ● Besondere Kennzeichen: keine [2233] ● Hysterie [2272]

**THOMAS PAGE** ● Countdown für einen Killer [2153]

**JUDSON PHILIPS** ● Die Zündschnur brennt [2206] ● Fünf kleine Mörderlein [2215] ● Schüsse in Connecticut [2296] ● Lösegeld für den Senator [2318]

# J. Mario Simmel

rororo

## Affäre Nina B.
Roman · rowohlts rotations romane 359

## Mich wundert, daß ich so fröhlich bin
Roman · rowohlts rotations romane 472

## Das geheime Brot
Roman · rowohlts rotations romane 852

## Der Schulfreund
Ein Schauspiel in zwölf Bildern / Mit 19 Filmfotos
rowohlts rotations romane 642

## Begegnung im Nebel
Erzählungen · rowohlts rotations romane 1248

232/5